小説 仮面ライダーゴースト

〜未来への記憶〜

福田 卓郎

講談社キャラクター文庫 025

目次

キャラクター紹介

第一章

アドニス　眼魔《ガンマ》世界を治める大帝。力の根源・グレートアイとつながることができる唯一の人物。多くの同志と共にゲートであるモノリスを越えて他の惑星（後の眼魔世界）に移住し、世界を完璧なものにするという理想を実現すべく活動していたが、悲劇の連鎖を前に彼の心は拠り所を失っていく。

イーディス　アドニスの親友であると共によき理解者。アドニスの理想を叶えるべく眼《アイ》魂《コン》システムを立案・構築。人が死なず、悲劇の起こらない世界を創りあげるために研究を重ねる。

アリシア　アドニスの妻。アドニスたちと共に眼魔世界に移住したが、赤い空の影響で病を患う。

アルゴス　アドニスの長男。高い戦闘能力を有する眼魔世界の戦士。

アリア　アドニスの長女。高貴な女性で、アルゴスたち兄弟を支えたいと強く思っている。

アデル　アドニスの次男。父・アドニスが語る完璧な世界を誰よりも信じており、その理想の実現のために非情な決断を下すこともいとわない。

イゴール　眼魔世界の科学者。イーディスの部下で冥術学と呼ばれる科学を得意とし、自分の頭脳に絶対の自信を持っている。

ダントン　眼魔世界の科学者。アドニスやイーディスの同志であったが、彼らの提唱する眼魂システムを否定し、人間を過酷な環境に適応させる肉体改造の研究を続けた。研究の末、クロエたち強化人間を生み出すことに成功するが、これが眼魔世界を二分する戦争の要因となってしまうのだった。

ゴーダイ　眼魔世界の科学者。ダントンの部下で強化人間の創造に関する研究に従事している。後の深海大悟《ふかみだいご》。

ジャイロ　眼魔世界を警備する、アドニスの忠実な戦士。戦闘能力は極めて高い。

リューライ　凶王《きょうおう》の迫害に立ち向かった指揮官。アドニスたちを新天地に逃がすために地球に残り、モノリスを地中深くに埋めた。

ユルセン　イーディスと共に行動する、ひとつ目のアバター。元の姿は、子猫。

第二章

天空寺《てんくうじ》龍《りゅう》／仮面ライダーゼロゴースト　タケルの父親。大天空寺《だいてんくうじ》の先代住職であり、ゴーストハンターとして活躍。厳しい修行の末、英雄の遺物からゴーストを召喚する能力を身に付けており、眼魔世界からやってきたイーディスと互角以上に渡り合った。眼魔の地球侵攻計画を知り、西園寺《さいおんじ》や五十嵐《いがらし》たちと人知れず対抗策を準備していた。

深海大悟（ゴーダイ）／仮面ライダーゼロスペクター　マコトとカノンの育ての父親。眼魔世界から地球へと逃れてきた。かつてゴーダイという名でダントンと共に強化人間を創りだす研究に関わっていた。

西園寺主税《ちから》　龍と共にモノリスの研究をする考古学者。龍を介してイーディスと出会ったことでグレートアイのことを知り、己が欲と龍への嫉妬から彼らを裏切る行動にでる。

五十嵐健次郎《けんじろう》　龍と共にモノリスの研究をしていた物理学者。龍の死と西園寺の裏切りにより、大きく人生を狂わされてしまった。

天空寺百合《ゆり》　龍の妻で、タケルの母親。大天空寺の宿命を背負う龍を支え続けた。

深海奈緒子《なおこ》　不治の病に冒されながらも懸命に生きる女性。大悟と結ばれ、共に限られた生の中でマコトとカノンを育てる。

アデル　アドニスの次男。父・アドニスが目指す完璧な世界の実現とその維持のため、秘密裏に人間世界への侵攻を行っている。

イゴール　眼魔世界の科学者。イーディスへの嫉妬から独断で人間世界とコンタクトを取るようになり、西園寺とある条件で手を結ぶことになる。

仙人　イーディスが人間の世界で活動する際の姿。

第三章

天空寺タケル／仮面ライダーゴースト　十八歳の誕生日に眼魔に襲われ、一度は命を落とした青年。生き返るために英雄の眼魂を集める中で、仲間たちと共に幾多の苦難を乗り越えて成長を果たす。眼魔との闘いを終えた後は、生身の身体を取り戻し、尊敬する父・天空寺龍のようなゴーストハンターになるべく修行を積んでいる。

月村《つきむら》アカリ　タケルの幼馴染み。仮面ライダーゴーストとなったタケルのことを誰よりも想い、眼魔との闘いでは得意とする科学の力でタケルをサポートし続けた。闘いを通して科学者の信念をぶつけ合ったイゴールと共同研究に取り組んでいる。

山ノ内御成《やまのうちおなり》　タケルの兄弟子であり、大天空寺の住職代理を務める僧侶。タケルを生き返らせるために不可思議現象研究所を立ち上げた。真面目すぎるあまり、極端な行動にでることも。元・眼魔の戦士だった生真面目なジャベルと対立し、大天空寺を飛び出し、独立した不可思議現象研究所を立ち上げていたこともあった。

深海マコト／仮面ライダースペクター　タケルの幼馴染みであったが、妹のカノンと共にモノリスに引き込まれ、眼魔の世界へと飛ばされてしまう。過酷な環境の中で仮面ライダースペクターとなり、タケルやアランとの衝突や和解を経て人間として大きく成長。闘いの後、アランと共に眼魔世界の復興に尽力するが、突如現れたダントンにより自らの出生に苦悩することとなる。

深海カノン　マコトの妹。マコトと共に眼魔の世界へ飛ばされた後、肉体を失ってしまう。その魂は眼魂に封印されていたが、タケルの願いを聞き入れたグレートアイから新たな肉体を授かり、復活を遂げる。闘いが終わり、眼魔の世界に戻ってからも兄とアランを支え続けている。

八王子《はちおうじ》シブヤ　大天空寺の修行僧。真面目な気のいい青年。眼魔に関わる事件で母の八王子美穂《みほ》と和解した。今はジャベルと共に、大天空寺での修行に明け暮れている。

木更津《きさらづ》ナリタ　大天空寺の修行僧。真面目なシブヤに対し、クールでドライな一面を見せる青年。今は不可思議現象研究所の一員として活動している。

アラン／仮面ライダーネクロム　眼魔世界を治める大帝アドニスの三男。当初は眼魔の尖兵として暗躍していたが、兄・アデルの裏切りにより追われる身となる。地球へ逃げ延び、フミ婆《ばあ》と心を通わせたことで自身の心と向き合うようになり、美しい空、人間の世界の宝物を守るために眼魔と闘った。人間世界で食したたこ焼きに感動し、今では大好物に。

クロエ　眼魔世界の赤い大気の影響で病魔に冒され、ダントンの肉体強化を受けた少女。ダントンを父と慕い、タケルたちと敵対するが、そのときに生きる意味について問われて以来、タケルのことがなぜか気になっている。

小野寺靖《おのでらやすし》　「不可思議現象研究所」の一員として活動する、元・町の郵便配達員。

プロローグ

「また、いつの日か、近くて遠い未来に会いましょう」

彼との別れのときに私が告げた言葉だ。

関わりすぎたと思ったがゆえに、彼らの元を去ろうと決めたはずなのに、口をついて出たのは再会の約束だった。

予言ではない。

私には未来など見えない。

自分でも不思議だった。

これもまた、彼が私にもたらした変化なのかもしれない。

天空寺タケル……

そして今、私は約束を果たすために漆黒の宇宙を進んでいる。

目指すは地球。

人間……

彼らは私のことをグレートアイと呼び、まるで全知全能の神のごとく思っているが、私も彼らと同じく、命を持ち、同じ時間の流れの中を生きている。

ただ、高みへと上ったことにより、彼らにはない力を持っているだけだ。

こうなるために様々なモノを捨てた。

永遠とも思える時間をかけて作り上げた高度な文明や科学を捨て、故郷の星を捨て、肉体や個であることすら捨て去り、エネルギー生命体となり、全体として存在している。

ゆるぎなき平穏と共に、宇宙を眺めていた。

そんな永遠の時間の中に、彼らの声が聞こえてきたのだ。

人間の声が。

なぜ、彼らの声に応えてやろうと思ったのか、今となっては私にもわからない。

彼らの祈りの声が不憫《ふびん》だったのか、切実な思いが私を突き動かしたのか、それとも単なる気まぐれだったのか。

ともかく、私はその声に耳を傾けた。

これまでも、私の存在に気がついた者が、接触を試みようとしてきたことは幾度となくあった。

しかしそんな雑音は無視していた。

私の持っている力が彼らに与える影響は計り知れない。

知らなくていいことは知らなくてよいのだ。

宇宙がどこまで広がっているか、知ってしまったとき、世界は変わる。

それは自分たちの力でなすべきこと。
そう思っていたはずなのに……

だが後悔はしていない。
あのとき、その声を無視していれば、天空寺タケルと出会うこともなかったのだから。
地球まではもう少しかかる。
近くて遠い記憶をたどってみることにしよう……

第一章　ガンマ世界創世

その声が聞こえたのは偶然だった。

かつて私たちが惑星間の移動手段として使っていた装置――モノリスを、彼らが稼働させたのだ。

しかし、稼働に必要なエネルギーをいったいどこから手に入れたのか？

彼らの文明ではとてもそれを創り出すことなどできないはずだ。

なぜ？……

これは好奇心ではない、解明すべき疑問だった。


地球は、人類のいう暦で紀元前三世紀と呼ばれる時代。ようやく農耕が浸透したものの、まだ文明も科学も未発達の未熟な人間たちが、闘争本能に任せて競い合っていた。

その地でも凶王《きょうおう》と呼ばれる男が率いる部族が戦いによって勢力を広げていた。凶王の支配は恐怖と力による統治だった。逆らう者は容赦なく滅ぼし、たとえ降伏しようとも奴隷として家畜同然にこき使う。気にくわなければ理由なくその首を切り落とした。

「さらせ、首をさらせ！　愚民どもに見せつけてやれ！」

凶王は、切り落とした首を街角に一列に並べてさらすことをことさら好み、首が腐っても放置しておくため、凶王が征服した街はどこも耐えがたい臭いが漂っていた。凶王への恐怖が首から滴る血と共に地に滲み、絶望感が腐臭とともに民に広がった。まさに狂った王だった。

その刃が、今は一人の男と彼が率いる民を追い詰めていた。

「マシーデ　イーソナ　オブナー　ウィートンイリーデ　イビーエ　イーグモ

ナリュウム　アイヘイム　コターナ　カームンウベーガ　ウェーディン　イグリー　マーゾ」

目の紋章が描かれたモノリスを『神の石』と呼び、私たちの言葉で祈りを捧げる一人の男がいた。

彼の名はアドニス、凶王の国から遠く離れた山に囲まれた隠れ里に住む民の長《おさ》だった。年の頃は五十、がっちりした体格で見た目はやや強面だが、実際は心優しく、常に微笑みをたたえた人情家で民にも慕われている。

彼らの住む隠れ里は、肥沃な土地と清流の恵みで作物が豊かに実り、何不自由ない生活が送れる豊穣の土地……ではなかった。

真逆の不毛の地。彼らは森と岩山で隠された平地に塀で囲まれた砦のような集落を造り、その周りを畑として耕していた。

アドニスたちは祈りの部族でもあった。彼らが崇めるモノリスの大きさは高さが三メートル、幅が二メートル、伝承では彼らの祖先がこの土地に住み始める前からこの地にあったという。モノリスは彼らの守護神であり、アドニスたちはその場所を聖地とし、『祈りの広場』と呼んだ。

不毛の地で生きていけるのもモノリスのおかげ、そう信じて常に感謝の気持ちを忘れず、祈りを絶やさなかった。祈りは長であるアドニスの務めでもあった。

アドニスの祖先がいつからここで暮らしていたかはわからない。ただ信仰のため、祈りを捧げ、『神の石』を守護するために不毛の地にしがみつき暮らしていた。

狩らねば飢える、耕さねば死ぬ、作物が育たねば一族は絶える……しかし、そんなぎりぎりの状態が彼らに知恵と工夫をもたらしていた。狩猟の道具を工夫し、痩せ細った土地に水を引き、土壌を改良し、その土地に合うように種を掛け合わせ、なんとかして生きようとあがいた。

もともと頭のよい民だった。長年の工夫の積み重ねで、少しずつ人が住めない土地が生きてゆくことができる場所に変わっていったが、それでも常に飢えと貧困の恐怖が彼らの生活を脅かしていた。

アドニスが信頼する友人、イーディスとダントンの二人が、その優れた頭脳で次々に新しいことに挑戦していたが、なかなか成果が出なかった。

「見ろよ、またイーディスが変なことをしてるぞ」

村人たちがあきれたように見ている先では、アドニスと同じくらいの年齢の男・イーディスが一心不乱に地面に何かを描いていた。それは幾何学模様のような意味不明の記号の羅列で、イーディスの家からずっと連なり、描けば描くほどどんどん長くなっていた。

描く手を止めて考え込んでいたイーディスが目を開ける。

「おっ、いい考えが浮かんだ！」

さらに先を描きだしたイーディスを子供たちが取り囲んではやし立てる。

「ほら吹きイーディス！」

「今日のホラは何？」

子供たちに声をかけられ、ハッと我に返るイーディス。

「あれ、わしはいつの間に外に⁉」

最初は家の中で描いていたが、あまりに熱中していたため、自分が外に出たことも気づいていなかったのだ。

「よく聞けガキども。ホラではない。これは空前の大発明の設計図だ！　これが完成すれば、雨が降ってなくても、空から水を集めることができるようになるのだ！」

空を指差して見上げ、得意げに話すイーディス。

「またホラだ！」

「そんなのできるわけないよ！」

ハッと見ると、子供たちが足で今まで描いてきた部分をどんどん消しているではないか！

「な、なにをするんだ！」

慌てるイーディスを見て大喜びの子供たちが、クモの子を散らすように逃げてゆく。

「あれ？　さっき何かいい考えを思いついたのに忘れてしまったじゃないか～～！」

寝っ転がって暴れ、子供のように悔しがるイーディス。

「畜生～！」

普段から突拍子もない言動のイーディスは子供たちの人気者だったが、言うことが成功したためしがないため大人たちからは夢想家の変人と思われていた。

それを庇《かば》っていたのがアドニスとその妻・アリシアだった。

「皆、イーディスの考えた物がいつか必ず我らを豊かにしてくれる。迷惑をかけているかもしれないが、私を信じて見守ってやってくれ」

「私も信じてますよ」

笑顔でイーディスに手を差し出すアリシア、アドニスの言葉に人々が笑顔で応える。

「期待せずに待ってますか」

「次は何をやらかすか、ちょっと楽しみだったりして」

「だろう？」

アドニスは人々と笑い合った。一方、イーディスを本気で心配しているアリシアはアドニスに提案する。

「でも彼はああいう性格です。誰か傍《そば》に控えて親身になってくれる者がいたほうがよろしいのではないでしょうか」

「確かに、助手がいたほうがイーディスのためにもよいな」

アドニスはアリシアの進言を受け、イゴールというまだ若い青年をイーディスの助手に任命する。

「アドニス様、アリシア様、お任せ下さい。私のこの優れた頭脳で、イーディス様をお助けいたします」

イゴールは頭のよい青年だったが、それを鼻にかける嫌な奴だった。イーディスはそれを面白がり、わざと奔放な行いをしてイゴールを振り回した。

「なんで俺様がこんな目にあわなきゃいけないんだ、ったく……」

イゴールのぼやきの日々が始まった。

「皆の協力が必要だ、手伝ってくれ！」

ダントンの呼びかけに人々が集まってくる。大人が十人は入れそうな大きな箱がドンと置いてあり、その箱から四本の棒が十字につきだしている。

「これで井戸が簡単に掘れる。さあ、皆、棒を押して回してくれ！」

人々が棒を押して時計回りに箱を回しだした。しかし、すぐに重くなり動かなくなる。

「もっと力を合わせるんだ！」

ダントンの声で皆が力を入れた瞬間、メキメキと音がして箱が崩壊！　中の木の部品が飛び出して散らばり、同時に人々もひっくり返った。それを見たダントンは大笑い。

「うははははは！　まあ、こういうこともある」

まるで失敗を楽しんでいるかのようだ。

「休憩しよう。山で見つけた木の実から飲み物を創ったんだ。美味いぞ、皆で飲もう！」

人々から歓声が上がる。イーディスと同じようにダントンも失敗することのほうが多かったが、それでもその人懐っこい人柄が皆に好かれていた。

アドニスはそんな二人を信頼していた。

――いつか必ずめざましい成果を上げてくれるはずだ……

何も持たない彼らが唯一持っているもの、それは生き残るために得た知識と知恵。それはどの部族にも負けないものだった。

しかし、それが仇となった。

あるとき、イーディスたちの隠れ里のことが凶王の耳に入る。凶王はどんな些細なことでも自分たちより優れた民の存在を許さなかった。

そしてアドニスたち民への侵攻が始まった。

アドニスはなんとかして友好的に解決しようとしたが、送った使者は口上を述べる前に殺され、取り付く島もなかった。何度使者を送っても同じ惨事が繰り返されるだけだった。

「知識がお望みならば喜んでお教えしましょう」

そんなアドニスの申し出が凶王の怒りをさらに増大させた。凶王にとっては教えてもらうということ自体が屈辱なのだ。何を言おうが何をしようが無駄だった。

──なぜ我らを憎む、なぜ我らを目の敵にする。我らはただ『神の石』を守り、祈りを捧げ、穏やかな生活が送れればよいだけなのに……

アドニスには凶王の気持ちが理解できなかった。凶王にとってはアドニスたちを消滅させることこそが目的であり喜びだった。

「やつらを根絶やしにしろ！」

凶王が笑いながら命令を下した。

「和平交渉は失敗に終わった。やりたくはないが、こうなったら闘うしかない。皆、許してくれ」

アドニスは広場に集まった人々に頭を下げた。

「顔をお上げ下さい、アドニス様」

「悪いのは凶王です！」

人々が口々に声を上げた。アドニスは泣いていた。その涙に人々は命を賭けて闘う決意をする。

しかし……

凶王は昼夜関係なく、何度も執拗に攻撃してきた。うかうかと眠ることもできない日々に人々は憔悴してゆく。民の中には耐えきれず投降した者もいたが、凶王はその者たちをことごとく斬首した。

アドニスは殺された人々のために祈った。

「なんとむごいことをするのだ……すまない、私がふがいないばかりに……」

地響きと共に凶王の大軍隊がやってきた。畑で農作業をしていた人々はそれを察知し、慌てて砦の中に逃げ込んだ。あっという間に何百という兵士が隠れ里を取り囲み、砦の周りの美しい緑色の畑が真っ黒に塗りつぶされた。

凶王軍の最終攻撃が始まったのだ。防壁を壊し、次々に凶王軍が乗り込んでくる。アドニスたちの抵抗もむなしく、多くの民が命を落とし、あっと言う間に死体がうずたかく積まれていった。

多勢に無勢、なすすべはなかった。

残った民を連れ、砦の奥に退却したアドニスの元に、凶王軍と戦っていた指揮官リューライが戻ってきた。

「アドニス様、申しわけございません……」

ボロボロに傷ついたリューライの姿を見れば、凶王軍がここに乗り込んでくるのも時間の問題だということはすぐにわかった。

「皆を『祈りの広場』に集めなさい」

アドニスは覚悟を決めた。

「凶王はもうそこに迫っている。私たちには抵抗するすべがない。たとえ降伏したとしても奴は我らを皆殺しにするだろう」

『祈りの広場』でアドニスは民を見渡した。

「アドニス様!」

「なぜ我々だけがこんな目にあわなきゃいけないんですか!」

「俺たちがいったい何をしたっていうんだ⁉」

「アドニス様!」「アドニス様!」

モノリスの前に集まった民たちが、口々に名を呼んだ。それは死を覚悟した者たちの悲痛な心の叫びだった。

アドニスの目からは涙が溢れた。

「皆の悔しい気持ちはよくわかる。こんな理不尽なことが許されていいわけがない」

見ると、民たちも皆悔し涙を流していた。イーディス、ダントンも悲壮な面持ちでアドニスを見ている。死を覚悟したアドニスの妻のアリシアは、幼いアルゴス、アデル、アリアをぎゅっと抱きしめていた。

「父上……これからどうなるのです?」

アルゴスの声は恐怖で震えていた。

——この子たちを死なせるわけにはいかない……

アドニスは心を奮い立たせ、皆に告げた。

「皆、諦めてはいけない、まだ私たちには祈ることができるではないか。最後まで望みを捨てずに皆で祈ろう、きっと願いは聞き届けられる！」
　アドニスは民に背を向けると、モノリスに意識を集中した。皆も黙って目を閉じ、モノリスに頭を下げた。
「我らが死に絶えるまで迫害は終わりません。どうか我々に飢えと貧困のない世界をお与え下さい……」
「マシーデ　イーソナ　オブナー　ウィィートン
イリーデ　イビーエ　イーグモ
ナリュウム　アイヘイム　コターナ　カームン
ウベーガ　ウェーディン　イグリー　マーゾ」
　アドニスたちは一心に祈った。ここではないどこかへ行ければどんなに幸せだろう、皆のその切実な思いが一つになったとき、奇跡が起こった。モノリスの目の紋章が蒼白く光ったのだ。

　祈り、それは思いのパワーでもある。
　そのエネルギーが装置を反応させたのだ。
　そして、宇宙にいた私にその声が届いた……

「あれをご覧下さい、アドニス様！」

目を見開いたイーディスがモノリスを指さした。ダントンもそれを見て驚きの声を上げる。

「光が大きくなるぞ！」

眩しい輝きと共に、彼らは驚愕の光景を目にする。今まで見たこともないものがそこにいるではないか！

それは見上げるくらいの大きさで、丸い目玉のような姿をしており、しかも羽が生えていた……私が姿を現したのだ。

驚きのあまり後ずさりをする者、手を合わせる者、固まって動けなくなる者、いずれにしても皆の目からは恐怖が見て取れた。

「『神の石』から現れたのか？」

イーディスはダントンに同意を求めた。

「わからん、いったいあれは何だ……」

動揺するダントンをアドニスが制する。

「神に決まっているではないか。神が我らの思いを聞き届けて下さったのだ！」

アドニスの言葉を聞いた人々が一斉に祈り始めた。

「お願いします、我らを新しい世界へお連れ下さい」

アドニスが深々と頭を下げた。

私は起動しかけていたモノリスを完全に作動させ、目の紋章からゲートを出現させた。モノリスの前に黒いブラックホールのような空間ができている。

〝ゲート出現、異常なし〟

私は彼らの願いを聞くためにモノリスを作動させたわけではなく、テストしてみただけだった。

それを見たアドニスが言う。

「ゲートということは、そこに入ればよいのですか？　そこを通ってどこかに行けるのですね？」

彼らは私が願いを聞き届けたと思い込んだ。そのつもりはなかったが、今考えると虐《しいた》げられた彼らに無意識のうちに同情していたのかもしれない、もしくはモノリスを起動させたエネルギーを確認しようとしたのか……。いずれにせよ、私は彼らが通るというのでゲートを有機物が通れるようにした。

〝通過可能〟

アドニスの顔は喜びで紅潮していた。

「ありがとうございます！　さあ、皆、奴らが来る前に早く！」

アドニスは皆をゲートに急がせ、残るは指揮官のリューライたちだけとなった。

「リューライ、何をしている、お前たちが最後だぞ！」

「アドニス様、我らはここに残ります」

「なに⁉」

「凶王に『神の石』を渡すわけにはゆきません。連中がこれを手に入れ、何らかの方法でアドニス様たちの後を追う可能性だってあるはず。私たちがこれを隠します」

「お前には新しい世界でも私のために働いてもらいたいのだ」

「その役目はジャイロに任せます」

リューライの後ろにいた屈強な男が一歩前に出た。

「お任せ下さい、私が命に代えてアドニス様をお守りいたします」

そのとき、遠くから地響きを伴う轟音が！　砦の門が崩されたのだ。

「お急ぎ下さい、すぐに奴らがやってきます！」

「さあ、アドニス様！」

ジャイロに促され、アドニスはゲートの中へ向かった。途中で立ち止まり、振り返ったアドニスがリューライを見た。目が合うと、リューライの厳しい表情が一瞬緩んだ。

このリューライがモノリスを地中に埋め、その子孫が代々それを守ってゆくことになるのだが、それはまた別の話。

そして……

ゲートは閉じた。

なだれ込んできた凶王の軍は、闘うべき敵を見つけることができなかった。『祈りの広場』からはモノリスもなくなっていた。

「奴らめぇ、どこに消えたぁー！」

凶王の吠えるような叫びが空《から》の砦にこだました。


ゲートを通り抜けたアドニスたちは、今まで見たこともない世界に立っていた。

彼らの後ろには地球にあったのと同じモノリスが立っていた。モノリスはかつて私が惑星間を移動するために使っていた装置、ここは地球から気が遠くなるほど遠くにある惑星だ。

「ここが……」

植物も生えていない荒涼とした大地、頬を伝わる風は地球と変わらないが、どことなく焦げたような匂いがし、空の青はくすんでいる。

アドニスの目の前には、長い間の主人の不在によって生気を失い死骸のように横たわっている都市の残骸があった。朽ちてはいるが、その形状や規模を見れば、かつてここにあった文明がかなりの科学力を持っていたことがうかがえる。

しかし、アドニスたちにはすべてが初めて見る物ばかりで、それがどのくらいの文明なのか想像すらできなかった。彼らにとってそれは単に不安を煽《あお》る廃墟でしかなかった。

――元の土地よりもひどいのではないか……

言葉にできない不安を飲み込み、アドニスがつぶやく。

「ここが新しい世界ですか……」

アドニスが私を見た。

〝放棄された古き都市〟

私は聞かれたことに答えたが、彼らがどんな気持ちでいるかなどは関係なかった。

「ありがとうございます」

言葉とは裏腹にアドニスの表情は暗かった。後ろに控えていた民たちの思いも同じ、おびえた目でアドニスを見つめている。

――ここでどうやって暮らせばいいんだ……

そのとき、アリシアがアドニスの手を取った。アドニスを見つめるその目には、夫を信じる揺るぎない思いがこもっている。

――そうだ、皆が不安なのだ。私がうろたえてどうする。我らの祖先がそうしたようにここから始めるしかない。

アドニスはアリシアの目を見返し力強くうなずいた。アリシアが笑顔でうなずき返す。その様子を子供たち、イーディス、ダントン、そして民たちがじっと見つめている。

アドニスが意を決して皆に語りかける。

「我らは凶王の理不尽な迫害から逃れてきた。今日からここが我らの新しい世界だ。ここで暮らすのは並大抵のことではないだろう。だが、導かれてきたこの世界で、我らの祖先と同じように、新たな『神の石』に祈りを捧げ、『神の石』を守って生きよう。我らならできる」

アドニスの演説にアリシアが続ける。

「私たちと子供たち、その未来のために頑張りましょう。大丈夫、私たちの叡智《えいち》はどんな困難も乗り越えるでしょう。そうですよね、イーディス、ダントン？」

笑顔でうなずくダントン、そしてイーディスは奇声で応える。

「ユン！」

それにつられて人々にも笑顔が戻る。民の笑顔を見たアドニスとアリシアは手を握りあい、顔を見合わせ満足げにうなずいた。

こうして新世界での生活が始まった。

しかし、アドニスが皆に言ったように、ここでの生活も並大抵なものではなかった。不毛な土地、用途もわからない建造物、さらに水や食料も不足していた。

イーディスとダントンは必死で研究を進め、アドニスとアリシアは街を回って人々を励まし続けた。しかし、辛い生活に皆は徐々に疲弊していった。それと共に絶望が人々の心を支配し始めた。その間もアドニスは必死で祈りを捧げた。

アリシアはそんな夫を支え、見守った。

——あなたの祈りがあの方に届きますように……


アドニスとアリシアの祈りが喜びに変わるのに時間はかからなかった。私が都市の再生を開始したのだ。彼らがモノリスを起動させたとはいえ、私がこの都市に連れてきたからには暮らせるようにする必要がある。

崩れた街に新しいビルが建ち、朽ちた建物は生まれかわり、死んでいた都市の機能は新たな命を吹きこまれ、脈動を始めた。植物があっという間に街を飾った。

魔法のようなその再生に、アドニスたちはただただ感嘆の声を上げるだけだった。

「偉大な神の力だ！」

〝神ではない。神の存在は未確認〟

私の答えにアドニスたちは驚いたようだった。

「では、あなたはいったい……」

〝ガヌマ〟

ガヌマ、それは私の名前だった。

やるべきことを終えた私は、都市の中央にあるひときわ大きな建物へ向かって飛び去った。

この後、私はこの地に留まり彼らと係わってゆくことになる……


「ガヌマとはいったい……」

アドニスは困った顔でダントンとイーディスを見た。

「あの方のお名前なのか、それともガヌマという存在なのか……」

「いずれにせよ、そう呼ぶのは畏《おそ》れ多い……」

アドニスはうなずくと、続けて問うた。

「ではあのお方をなんと呼べばよい？」

「目の紋章から現れた偉大なお方、グレートアイとお呼びしてはいかがですか？」

「おお、それはよい名だ」

イーディスの提言にアドニスは嬉しそうに微笑んだ。

そして皆のほうを向き、

「皆で力を合わせ、ここに争いのない平和な世界を創るのだ！」

そう高らかに宣言した。

「おおーっ！」

心からの歓声を上げる人々、その顔は新しい生活への希望に満ちていた。

アドニスはその皆の顔を見て胸をなで下ろす。子供たちの無邪気な笑い声が心地よい。

アルゴス、アリア、アデルは母親にまとわりついてアリシアを困らせている。そのアリシアも満面の笑みを浮かべている。

――やっと穏やかな暮らしが送れる、皆と、そして家族と……。これでようやく我らの本当の世界が始まるのだ……

再生した街は、彼らが見たこともないような物で溢れていた。火をおこす道具、水を運ぶ鉄のチューブ、簡単な物でさえ、彼らにとっては使い方すらわからない物だった。

イーディスは興奮を抑えきれず、目の前の装置を触りながら驚嘆している。

「これを見ろ、幻じゃなく現実にできあがっているぞ！　すごい、なんてすごい力なんだ！」

「これは何の装置だ？　いったいどうやって使う？　何ができる？」

ダントンはその興味を抑えきれない様子で顔が好奇心で輝いている。

イーディスがふと手を止める。

「これを理解して使いこなすのは大変だぞ……」

「なんだ、怖いのか？」

ダントンがニヤリと笑った。

「なんだと⁉」

「人は理解できないものを前にすると恐怖を感じるものだからな」

「私をその辺の奴といっしょにするな。喜んでるんだよ。武者震いってやつだ。これからいったいどんな知識を得られるか、それを考えただけで……」

イーディスは心からわくわくしていた。

「興奮して眠れなくなるな、フフフ」

「そうとも、すべては我らの新しい生活のためだ！　そうだろ、ダントン！」

「我ら二人ならできる、人々の幸せのために働こうではないか、イーディス！」

二人は固く握手した。普段から競い合っている二人は、何かにつけて対立したが、心では互いに相手のことを認めていた。

イーディスとダントンの二人は、目の前に現れたテクノロジーのすべてを知りたいと貪欲に取り組んだ……しかしそれにも限界があった。いくら優れた頭脳の持ち主でも、基礎的な科学力がないのにそれを応用したものを理解するのは無理なのだ。

だが、ある日、イゴールが彼らを助けてくれる物を見つけ出す。

「なんだこれは?」

机上の突起を触ると、何もない空間にデータが映し出された。イゴールには何かわからなかったが、それは蓄積された知識のデータベースだった。

イーディスとダントンはその価値をすぐに見抜いた。

「すごいぞ、これはすごい!」

ダントンの手を取り興奮するイーディス。

二人は、それを使う機械、要するにコンピューターと、知識を脳にインプットする装置も発見し、使いこなし始める。


それを知ったアドニスは二人に頼む。

「友よ、得た知識を人々のために使ってくれ。ここをもっと進んだ世界にして欲しい。進化させて欲しいのだ。人々が幸せに暮らせる世界を創ろうじゃないか!」

二人は喜んでその申し出に応えた。

彼らはみるみる知識を吸収し理解してゆき、それと共に生活水準は上がっていった。イーディスとダントンが競うように人々の生活を近代化していったのだ。弥生時代から近代へいくつもの時代を一気に飛び越したようなものだ。それは私の想像を超える躍進だった。

今までの辛い迫害された生活が嘘のように、彼らの生活は満ち足りたものとなっていった。暖かい住居に豊かな食べ物、街にも市場ができ、活気溢れる声が飛び交い、これまでの飢えと貧困が嘘のようだった。

「アドニス様、ありがとうございます！」

「夢のようです！」

アドニスが街に出ると人々は口々に感謝を述べた。

「よかった、本当によかった」

涙を流して人々の幸せを喜ぶアドニス。それを見た子供がビックリしたように言う。

「アドニス様が泣いてるよ？」

「そうだな、泣くのはおかしいな。笑おう、皆で笑おうじゃないか！」

人々といっしょに笑っているアドニスは満足げだった。

人々はアドニスをますます敬愛し、変人と思われていたイーディスでさえ今では皆の尊敬を集めている。


それと共に人々は私の姿に似た丸い物を大切にし、崇《あが》めるようになっていった。自分たちに新天地と幸せな生活を与えてくれたグレートアイへの敬意と畏怖、その自然な表れだった。こうしてこの世界では丸い物が尊ばれるようになってゆく。

さらに、人々は自分たちのことをガヌマに導かれた「ガヌマの民」と呼ぶようになっていた。

そして、それがいつしか『ガンマ』となる……

アドニスが毎日私への感謝の祈りを唱える部屋があった。『祈りの間』と呼ばれるその部屋にイーディスとダントンが呼ばれた。

二人がやってきたとき、アドニスは祈りの最中だった。じっと待っていると、祈り終えたアドニスがふり返り、

「友よ、二人のおかげでわが民の暮らしは驚くほどよくなった。本当に感謝する」

そう言うと満足そうに微笑んだ。

「いいえ、すべてはグレートアイのおかげです」

イーディスも嬉しそうに微笑んだ。ダントンは豪快に笑い、

「私たちは学んだだけ。本当の豊かさは私たちが自らの手で手に入れるべきもの。これからが本当の我らの出番です」

と、頭を下げた。アドニスは満足そうにうなずき、

「私はここをガンマと名付けようと思う」

そう告げた。

「ガンマ……」

「街では人々がそう呼んでおりますね」

二人も異存はなかった。

「ここはガンマの世界、そして私たちはガンマの民だ。もはや我らはもとの世界とは別の世界の民なのだ」

アドニスの顔には並々ならぬ決意が見て取れた。それを聞いたイーディスは何度もうなずき、

「確かに、そうかもしれません。いや、そうあるべきです」

と目を輝かせた。賛同を得て、アドニスはさらに続けた。

「だから私は決意した。我らが元いた場所のことや、これまでの歴史は封印しようと思う」

「触れてはならぬと？」

驚いたようにダントンが聞き返した。

「そうだ、彼の地は我らにとって忌むべき場所。そうではないか？」

アドニスの問いに二人は静かにうなずいた。

「よいか、このことを民に徹底させるのだ。これから生まれてくる子供たちには未来だけを見て欲しい……」

アドニスが部屋の外を見やった。幼いアルゴス、アデル、アリアの三人が無邪気な笑い声を上げて遊んでいる。

「過去はいらない、すべてはここから始まる」

——この子たちのために……

このアドニスの決断により、ガンマ世界で地球の話題はタブーとなった。そして、いつしか口にする者もいなくなった。いずれにせよ、地球での過去は彼らにとっても思い出したくない記憶だったのだ。


数年後、アドニスと妻のアリシアの間に男の子が生まれた。

「この子をアランと名付けよう」

ガンマ世界で生まれたガンマ世界の子供、アラン。

「アラン、お前は未来の希望だ。強い男の子になるんだぞ。わかったか?」

「僕もなる!」

「僕も!」

アルゴスとアデルが競うように答えた。

「私も!」

アリアが対抗して手を上げたのを見て、アリシアが言う。

「あなたは女の子でしょ、お母さんは優しい子になって欲しいわ」

「ずるーい。強い女の子になるもん」

アリアがふくれっ面で腕組みをした。

「わははは」

子供たちがかわいくて、アドニスは心の底から笑った。これ以上ない幸せな時が訪れていた。

――なんとしてもこの幸せを守る。

アドニスは決意を新たにした。

しかし、そんな思いを打ち砕く事件が起こる。


人々が未知のテクノロジーを自分のものとして使いはじめ、新しい生活に慣れてから数年後、ガンマ世界に異変が起こった。

最初はほとんどの者が気づかなかったが、空の薄い赤色が次第に濃くなっていったのだ。そしてそれはいつしか赤黒く変色し、錆《さび》が浸食するように空全体に広がっていった。

それと共に、人々の間に謎の病が流行しはじめたのだ。

「なんだかだるい……」

「咳が止まらないの、ゴホッゴホッ……」

街のあちこちに同じ症状を訴える人が現れ、次々に倒れていった。

まずひどい風邪をひいたような症状が出て、体が急激に衰弱し歩けなくなる、そして最後には死んでしまう。

原因がわからないこの病気を、人々は赤い空と結びつけ『赤死病《せきしびょう》』と呼んで恐れ、伝染病ではないかと発病した者を皆から遠ざけ隔離した。街の一画に病気の人間が集められ医療所が造られたが、そこは『赤の牢獄』と呼ばれ、皆は近づくことすら嫌がった。

だが、それでも病気の発生を抑えることはできず、街では理由なき差別が起こっていた。

「お前のオヤジさん、隔離されたんだろ？　向こうへ行けよ！」

「触ったらうつるって本当か⁉」

「今、咳しただろ、俺に近づくな！」

「あいつに近づくと死ぬぞ！」

憶測は憶測を呼び、まるで人々の心に赤黒い空が広がっていくようだった。人々は外出できなくなり、地下での生活を余儀なくされる。空を見ることができない生活が始まっていた。

アドニスもこの状況に手をこまねいていたわけではない。病気のことが明らかになると、すぐさまイーディスとダントンを『謁見の間』に呼び出した。

「原因を究明して、治療法を見つけ出してくれ！」

空が赤黒くなった原因の追究はイーディス、赤死病の対処をダントンが担当したが、どちらも思うような成果をあげられなかった。

アドニスから笑顔が消えた。

「どうしてこんなことになってしまったんだ……」

一人苦しむアドニスにアリシアはそっと寄り添った。黙って手をとったアドニスの目は苦悩に満ちていた。

――やっと手に入れた新しい世界、やっと手に入れた平穏で幸せな生活……なのに、あんなに喜んでいた皆が倒れてゆく。これでは以前と変わらないではないか。

アドニスがアリシアを抱きしめる。

「長として私は……私は間違っていたのだろうか」

「あなた……」

アリシアは夫の気持ちを思い遣り言葉を続けることができなかった。

イーディスが必死でデータベースから赤い空に関する知識を得ようとしたが、手がかりはなかった。

「なぜだ、なぜ過去の知識を使って解決できない⁉」

――何が原因なのだ……このままではいずれ全滅してしまう。

アドニスにできることは一つだった。アドニスは『祈りの間』で祈りを捧げ続けた。

思い詰めた表情のイーディスが『祈りの間』に入ってきた。

「アドニス様、原因が判明しました」

振り返ったアドニスの目が期待に輝く。

「友よ、よくやった！」

「……あれは我々が創り出したものでした」

イーディスから返ってきた答えは希望とは真逆のものだった。

「我らが創り出した？　そんなバカなことがあるか」

「いえ、我々はこの都市を稼働させるためのエネルギーを、グレートアイが再生してくださった装置で生み出しています。その装置はこの星のエネルギーを活性化させます。その際に発生する赤い物質が大気に広がり、あの赤い空を創り出していたのです」

「我らがここで生きる限り、なくならないというのか？」

イーディスは黙ってうなずいた。

「赤い空にならずにすむ方法はないのか？」

今度は黙って首を横に振るイーディス。

「なんということだ……」

アドニスは声を押し殺すようにつぶやいた。そしてイーディスを責めるように見つめ、

「今のこの暮らしを捨てろと言うのか？」

　そう言うと、拳を握りしめた。元の暮らしに戻るなど考えられないことだった。だが、その考えを遮《さえぎ》るようにイーディスが答える。

「アドニス様、これは時間が経てば消えるようなものではありません。たとえ、手に入れた文明を捨て、元の地球のときのような暮らしに戻ったとしても、永遠に空は赤黒く、この病は人々をむしばみ続けるでしょう」

「消えない？　浄化できないのか⁉」

「……あらゆる方法を試してみましたが、解析すら受け付けない特殊な物質で、今の我々の力ではその謎を解明することは不可能です」

「なんということだ。では民の病を治すことは？」

「ダントンが手を尽くしていますが、やはり、今の我らの力をもってしても……」

　──そんなバカな！　このまま滅びるしかないのか⁉

「私に民が死んでゆくのを黙って見ていろと言うつもりか⁉」

　アドニスはおもわず声を荒らげた。黙り込むイーディス。

「すまん……こんなときこそ私が冷静にならないとな」

　アドニスが力なくわびた。

「もちろん、研究は続けます」

　その言葉にうなずくアドニス。

「なんとしても解決策を見つけるのだ！　ガンマの世界を守るのだ！」

「はっ！」

イーディスが部屋を出ていくと、アドニスは黙って祭壇に歩み寄った。苦悩の表情で祈りを捧げるアドニス、その頬を涙が伝う。

物陰でアリシアがその姿を見守っていた。自らも祈ろうとするが、突如慌てて部屋を出ていき咳き込む。

「！」

アリシアの顔色が変わる。


人々を励ますべく、アドニスとアリシアは民の前に立つ。しかし、集まった民の顔を見て二人は息をのむ。かつての生気はどこにもなく、幽鬼のような表情、暗い目でアドニスとアリシアを上目づかいで見つめている。もはや彼らの希望は消え失せていた。

——私は彼らにいったい何を話せばいいというのだ……

言葉を発することができないアドニスは、助けを求めるように隣を見た。そこには、いつもと変わらぬ暖かく強い意志のこもった目で自分を見つめるアリシアがいた。いつも自分を支え、力づけてくれた妻の瞳……

——そうだな、アリシア。私がやらなくては！

アリシアは優しく微笑んだ。アリシアに促されたアドニスは皆に語り始める。

「皆、顔を上げなさい。うつむいていても赤死病から逃れることはできない。立ち向かうしかないのだ。希望はある！」

アドニスの言葉を人々は黙って聞いている。

「すでに原因はわかっている、あとはそれを克服するだけだ。今、イーディスとダントンが必死で探っている。私は彼らを信じている、必ず見つけ出してくれるはずだ」

アドニスはアリシアを見た。アリシアは力強くうなずいた。

「我々は今、試練の時にある。耐えるのだ。それが今我々に課された苦難だとしても、私は皆と共に必ず乗り越えてみせる。神は我々をご覧になっているのだ。思い出してみるがいい、迫り来る凶王の迫害を。もうダメだと思ったあのときでも、我々は希望を捨てなかった。信じる力で未来を切り開いたのだ。忘れてはいけない、希望を。やめてはいけない、祈りを。なくしてはいけない、笑顔を。諦めてはいけない、未来を！」

涙を流しながらも、アドニスは力強く、そして笑顔で訴えた。その必死に人々を鼓舞するアドニスの熱意に、生気を失いうつむいていた民たちも顔を上げ、いつしか言葉に聞き入っていた。

「アドニス様の言うとおりだ！」「諦めちゃいけないんだ！」

元気づけられた者たちが声を発した。

「声を出しなさい。苦しかったら叫べばいい、悲しければ泣けばいい。だが、けっして負けてはいけないのだ！」

人々が「そうだ！」と声を上げた。

話し終えたアドニスは民たちを見回し、

「我らは一人ではない。さあ、隣にいる仲間を見なさい。隣人の手を取りなさい。共に祈ろうではないか。願いは必ず届く！」

そう言うと、アリシアの手を握った。人々も手を繋《つな》ぎ、膝をついて祈りの姿勢になる。

皆の顔には生気が戻っていた。

演説から戻り、少しでも皆を力づけることができたことに安堵していたアドニスを試練が襲う。アリシアが大きく咳き込み倒れたのだ。

「アリシア⁉」

慌てて駆け寄ったアドニスは、妻が赤死病に冒されていることに気づき愕然とする。

「そんな……」

「心配しないで、覚悟はできています」

苦しげにアリシアが応えた。

「何を言っている、すぐにイーディスを！」

突然のことに慌てている夫をアリシアは必死で落ち着かせようとする。

「彼にもまだ何もできないわ。今は現実を受け入れるしかないの。そうでしょ、あなた」

「アリシア……」

頭をかかえるアドニスに、アリシアは優しく語りかける。

「あなたは強い人。どんな困難にも立ち向かい、人々を率いて笑顔にしてきた。今日もそう。そんなあなたです、多くの人々が倒れ、今はさぞ辛いことでしょう。でも、私はあなたに託したい。この子たちの未来を……」

「…………」

「ガンマの民の未来に平穏が訪れることを祈っています。それができるのはあなただけ……、お願いあなた……」

そう言うと、アリシアは気を失った。

「アリシア！」

アドニスの悲痛な叫びが部屋にこだまする。

アリシアが目を覚ますと、子供たちがベッドの横で心配そうに顔をのぞき込んでいた。

「母上、大丈夫？」

「はやくよくなって」

アリシアはアランとアデルの頭をなでる。

「大丈夫、大丈夫よ」

アランとアデルは事の重大さがまだわかっていない。アルゴスとアリアは涙を必死でこらえアリシアの手を握っている。

「それよりも父上が心配。あの人は優しい人、今も人々のために思い悩み苦しんでいるわ。アルゴス、アリア、私に万が一のことがあったら父上のことをよろしく頼みます。貴方たちが支えるのです。貴方たちが父上の一番の理解者なのだから……」

うなずくアルゴスとアリアに、アリシアは優しく微笑む。

部屋の入り口に立ち、その様子を見ている男がいた、イーディスだ。

「アリシア様……」

涙を流すイーディス。自分のふがいなさ、無力が許せなかった。

アドニスはあてどなく街を彷徨《さまよ》っていた。妻が赤死病に冒されてしまったという事実を受け止めきれなかった。数多くの民が倒れ、そして今、自分の妻までも……。アドニスもまた、自分の無力さに絶望し、心が破裂しそうになっていた。

――アリシア、私は……私は……

気づくとアドニスは『祈りの間』にいた。血走った目を見開き決意する。

――こうなったらあの方に頼むしかない……

アドニスは祈り始めた。

私が現れると、アドニスがホッとした表情を浮かべた。膝をつき、うやうやしく頭を下げる。

「グレートアイ、赤い空の影響で人々が死んでいるのです。どうかお願いです、我らを助けて下さい」

〝自ら解決すべきこと〟

「えっ、それは聞き届けていただけないということですか？　なぜです⁉」

〝自ら解決すべきこと〟

この赤い空は、彼らが自らの意思で選んだ結果で、私が立ち入るべきことではないという判断だったが、この頃の私はそれを説明する必要を感じていなかった。

「助けてくれないのですか⁉」

〝自ら解決すべきこと〟

そう言うと、姿を消した。

「グレートアイ！」

アドニスが悲痛な声を上げた。

私は神ではない。

宇宙がどこまで広がっているか、知ってしまったとき、世界は変わる。

それは自分たちの力でなすべきこと。

私の力を借りた彼らは、今こそ自らの手で未来を切り開く必要があった。

何もすることができず、その後もアドニスは一心に祈りを捧げている。

数日後、アルゴスが泣きながら『祈りの間』に駆け込んできた。

「父上、すぐに来て下さい、母上が!!」

「アリシア!」

アドニスは急いで妻の元へ向かった。

アリシアは隔離された部屋のベッドに人形のように横たわっていた。すでに咳をする力もなく、微《かす》かな息づかいだけがまだ生きている証だった。子供たちがベッドを取り巻くようにして母親の様子を見ている。駆けつけたアドニスは、アリシアの手を握り、必死で話しかけた。

「しっかりしなさい。私が必ずお前を助けて……」

だがその言葉が終わるより前にアリシアの呼吸は止まってしまった。

まるでアドニスが来るのを待っていたように……

「頼む、目を開けてくれ！」

何度呼びかけても、もう二度と応えることはない。

「アリシア！」

アドニスの悲痛な叫びがむなしく部屋に響いた。

「……すまない……アリシア」

顔を伏せたアドニスは声を殺して泣いていた。

――私のせいだ、私が世界を進化させようとしたばかりに……。すまない、お前を治すこともできず、民を死なせてしまっている、私は、私は……

涙が止めどなく溢れ、悔しさで噛みしめた唇が震えている。父親の様子を見て何が起こったのかを理解したアルゴス、アリア、アデルは一斉に母親の元へと駆け寄った。

「母上！」

「嘘だ、父上、嘘ですよね！」

アルゴスとアリアは事実を受け止めかねていた。アデルは母親の遺体にすがり、

「嫌だ、死なないで、母上！」

と、必死で呼びかけていた。

「母上は寝ちゃったの？」

まだ幼いアランは何もわかっていない、それが余計不憫だった。

母親にすがって泣いていたアデルが、今まで横にいた父親の姿がないことに気づいた。

ハッと顔を上げると、アドニスは部屋を出ていこうとしているではないか。

「父上！」

その声に立ち止まったアドニス、その顔は一瞬にして何歳も年を取ったように変わっていた。

——もう誰も死なせはしない、アリシア、お前に誓う……

アドニスは心に決めた。

「お父様……」

父親の顔をのぞき込んだアリアは思わずその先の言葉を飲み、その場に崩れ落ちた。心に深く刻みこまれた深い絶望と悲しみのせいで、涙が血の色に染まっていた。父親の心を思い、アリアは肩をふるわせて泣いた。アルゴスはアリアに駆け寄り慰めようとしたが、声にならずいっしょに涙する。

そんな二人に寄り添ったのはイーディスだった。二人を黙って抱きしめ、嗚咽《おえつ》をこらえている。

と、アドニスが歩き出した。

――なによりも人々の幸せのために、それが私の使命……

アデルが気づく。

「父上、どこへ行くの⁉　父上！」

必死で父に呼びかけたが、アドニスは振り返らずそのまま部屋を出ていった。

「……ひどい、ひどいよ……」

まだ子供のアデルには、父親の心の内を推し量ることはできなかった。

それからのアドニスはある思いに取《と》り憑《つ》かれた。

――人が死なない世界をつくりたい……

アドニスはイーディスとダントンを呼び出した。

「赤い空をどうにもできず、病気も治せないなら、他の方法で生きることを考えるしかない」

アドニスの言葉にイーディスが答える。

「地下での暮らしをもっと快適にと？」

「諦めてはいけません、きっと手はあるはず」

ダントンも身を乗り出した。それを制するアドニス。

「違う、そうではないのだ」

アドニスがゆっくりと口を開く。

「友よ、私はなんとしても人が死なない世界を創りたいのだ」

「人が死なない？」

イーディスは真意を推し量ろうとアドニスの目をじっと見つめた。本気とは思えず、ダントンも困惑している。だがアドニスの目は真剣だった。

「どんな方法でもよい、答えを見つけ出してくれ。これこそ我らがなすべきことだ」

アドニスは思い出していた。

〝自ら解決すべきこと〟

グレートアイはそう言った……

——あれは、グレートアイに頼り切る我々に対する戒めなのだ。自分たちが努力をし、正しい道を進めば、必ずまた力を貸してくれるはず……

アドニスはそう思っていた。

「私は人が死なない世界を創る」

再度告げるアドニス。もはやイーディスもダントンも疑ってはいなかった。

後日、アドニスの元にダントンが自分の考えを伝えにやってきた。もともと赤死病が治療できないならば病にかからぬようにすればよいと考えていたダントンは、肉体を強化することで死を克服するしかないと思っていた。

「そんなことが可能なのか？」

アドニスは半信半疑で尋ねた。自信ありげにダントンが答える。

「肉体を強化するのです。まずは赤い空に負けない体になる。これは進化。そう、人間の進化のスピードを早めるのです。そのための研究はもう始めています。お任せ下さい」

「ダントン、頼んだぞ」

アドニスの言葉にこめられた必ず成し遂げよという強い思いを感じ、ダントンは深々と頭を下げた。


ダントンの研究室には人間の肉体を改造するためのあらゆる設備が集められた。

ダントンが助手に選んだのは優秀な医師のゴーダイだった。ゴーダイはダントンよりも若く四十代だが、その顔には苦悩が刻まれ、もっと年上に見える。赤死病によって妻と子を亡くし、その悲しみから生きる気力を失い、今では医療活動もやめていた。その才能を惜しんだダントンが自らの研究に引き入れたのだ。

「これは敵討ちだ。奥さんと子供のためにも、いっしょに闘おうじゃないか！」

ダントンにそう言われ、ゴーダイは病に対する憎しみを思い出した。妻子を亡くし生きる意味を失ったゴーダイにとって、この研究のみが生きる意味と目的となってゆく。

すでにダントンによって人体改造の研究はかなり進んでいた。細胞を強化し、免疫力を高め、赤死病に負けない進化した肉体を創り出すため、人体実験をする段階にさしかかっていた。

「この先は実際に人間で試してみるしかない、だが……」

ダントンは迷っていた。

「失敗する可能性も高いんだ。もしそうなったら……」

命を助けるために命を犠牲にすることに強い抵抗があったのだ。悩むダントンにゴーダイが冷静に言う。

「それで多くの人間が助かるんです、それは尊い犠牲です」

「しかしなあ……」

「あなたは私にいっしょに闘おうと言った。病に苦しむ人々だって、あなたといっしょに闘いたいはずです」

そう言われ、ダントンはついに決意する。

ダントンは志願者を募った。

「皆、よく聞いてくれ。このままでは我らは滅ぶ。じわじわと死神が近づいている。我々が生き残るには、この環境に適合した体、この環境に負けない体になるしかない。そう思わないか。これは我々のためでもあるが、これから生まれてくる子供たちのためなのだ。友よ、どうか協力して欲しい。志願してくれたその尊い意志は、ガンマの未来の礎《いしずえ》となるのだ」

ダントンの演説は未来に絶望しかけていた多くの人々の心を動かし、多くの人間が協力を申し出た。

「こんなに集まってくれるとは！」

喜んだダントンは涙を流し、

「ありがとう、ほんとうにありがとう！」

そう言って人々を抱きしめた。

その頃、イーディスは自分の研究室で悩んでいた。アドニスから出された難題の答えを見つけようとあがいていたが、その糸口すらつかめていなかった。暇をもてあましていた助手のイゴールが話しかける。

「いったい何をお悩みなんです、この私の頭脳がきっとお役にたつと……」

「うるさい！　今日はもう帰っていい」

イゴールの言葉を遮り、背を向けるイーディス。イゴールはブツブツ文句を言いながら部屋を出ていった。

そんなイーディスを心配するように、一匹の子猫がゴロゴロと喉を鳴らしながら体をすり寄せてきた。子猫は地球から連れてきた親ネコがガンマ世界で産んだのだが、その親猫も赤い空にやられて死んでしまった。

「ユルセン、今は忙しいんだ、すまんな」

イーディスはユルセンと呼ばれた子猫を脇へ押しやった。イゴールには厳しいが、ユルセンには優しいイーディス。ユルセンは不満げにニャ〜と鳴くと、細い目をさらに細めた。

「私が二人いたら遊んでやるんだが、残念ながら体は一つだしな。気持ちだけはお前と遊んでやるよ」

そう言って笑ったイーディス。

そのとき、頭に何かが閃《ひらめ》いた。

「もう一つの体……そこに心を入れることができれば……そうか、アバターを創れば生身の体は病気にならずにすむじゃないか！」

生身の体は保管しておき、分身のアバターを創り、それに心を同期させることで、日常はアバターによって暮らすという考えだった。

「この手があったぞ、ユルセン！」

興奮してユルセンを抱き上げようとするが、ユルセンは迷惑そうにサッと身を翻《ひるがえ》すと部屋の奥へ消えていった。

「相変わらずお前はつれないなあ」

言葉とは裏腹に嬉しそうだ。代謝を制御してそのままの状態で肉体を保存することは、この世界で学んだ科学の応用でできそうな気がしていた。アバターを創ることもけっして不可能ではない。問題は、そのアバターに心を移す方法……心のデータを移し同期させるのだ。

「なんとしても実現させてみせる」

この日からイーディスは、そのシステムの開発にのめり込んだ。

数年が経ったが、相変わらず空は赤黒く、人々は死の恐怖におびえていた。

アドニスは毎日何時間も『祈りの間』にこもって祈りを捧げ続け、二人の研究を辛抱強く見守っていた。

──私は諦めない、彼らは必ず成し遂げる、それまでは私も民のために闘う……

しかし、赤死病は容赦なく人々をあの世に連れ去り、アドニスから笑顔を消しさっていった。自分の家族のことよりも民のことを考えて奔走するアドニス。そのせいで、アリシアの死に際して生じた子供たちとの気持ちのすれ違いが、今やどうしようもないほど大きくなっていた。

——自分たちのことなどどうでもいいんだ……

アデルは冷たい目で父親を見ていた。母親がわりをしているアリアがそれに気づき言い聞かせようとする。

「お父様には皆に対する責任があるのよ」

「わかってるよ、父上は本当によくやってるよね」

アデルは本心を隠してそう答えた。


ユルセンももう子猫ではなくなっていたが、イーディスに対する態度は変わっていない。

「おいで、ユルセン。これを見ろ。ついに試作機が完成したぞ」

目の前に置かれた透明のカプセルの中で、砂のように床に溜まっていたナノユニットが結合し、丸い目玉状の顔に円錐形の体がついた奇妙な姿となった。ユルセンは「なんだこれは」という顔で一瞥《いちべつ》した。

「嫌がるなよ。これはお前のアバターなんだぞ」

ナノテクノロジーを応用して完成させたアバターだ。

「これを動かすためには、お前に協力してもらわないといけないんだが……」

喋り終わる前にユルセンは嫌だと言わんばかりにピューーッと逃げてしまった。

「肉体から心のデータを取りだし、核となる眼魂《アイコン》を創る。まだ無理だが、それも時間の問題だ……」

イーディスの顔は「できる」という確信に満ちていた。

「うがあああっ！」

ダントンの研究室で、苦しげな叫び声を上げた中年の男が、手術用のベッドから逃げ出そうとあがいている。だが、男はベッドに固定されており起き上がることもできない。ダントンがベッドにしがみついて叫ぶ。

「頑張れ！　頑張るんだ！」

しかし、叫びはすぐに小さな唸り声になり、それもあっという間に途絶え、室内は静寂に包まれる。

「すまない……」

ダントンはガックリと膝をついた。使用した薬の刺激臭が、冷静にその様子を見つめていたゴーダイの鼻をかすめる。

——また失敗か……

ゴーダイが遺体をベッドから降ろして死体袋に入れる。タンパク質を進化させ、強靱な肉体を創る実験は一進一退を繰り返し、多くの人間が犠牲になっていた。

「許してくれ、本当にすまない……」

失敗のたび、ダントンは泣きながらその遺体を埋葬した。そのたびにゴーダイはダントンを励ました。

「もう少しです。命をかけてくれた彼らに対して本当に申し訳ないのは、結果を出さないことです」

「うん、うん……」

「犠牲なくして発見はあり得ない。これはガンマの未来のためにどうしても避けては通れない道なのです」

ダントンは黙ってうなずいた。

その頃、街では「ダントンに協力した者は誰も戻ってこない」という噂が広がっていた。

犠牲者のことを知ったアドニスはすぐさまダントンを呼び出した。

「私は人々が死なないようにしろと言ったのだ。そのためなら民を殺していいと私が許すと思うのか⁉」

アドニスはきつく問い詰めた。

「もう少しなのです、もう少しで必ず成功します」

ダントンは必死で訴えようとするが、アドニスはそれを制する。

「もういい。イーディスが解決してくれる」

「アバターをつかった眼魂システムですか……」

「そうだ、彼の考え出した方法なら、誰も犠牲にならずにすむ。もう最終段階に入っていると聞いている」

「……本当でしょうか。怪しいものだ」

ダントンは悔しそうに顔をそらした。認めたくなかったのだ。

「自分の体で生きてこそ、本当に生きていると言えるのではありませんか？」

食い下がったが、アドニスはすでにイーディスの考えに賛同していた。

「ダントン、これ以上、犠牲者を出すことは許さない。よいな」

ダントンは言い返さなかった。しかし、心の中では強く反発していた。

――これが成功しなかったら今まで犠牲になった人たちの命が無駄になってしまう。そんなことはあってはならない。私は絶対になしとげなくてはいけないのだ！

たとえアドニスといえども邪魔はさせない、そう思い黙っていたのだ。

去っていくダントンと入れ違いに、青年へと成長したアデルが現れた。

「父上、お話があります」

「アデル、よいところへ来た、私もお前に話がある」

「それは母上のことですね？」

アデルが微笑むと、アドニスは怪訝《けげん》そうに聞き返す。

「アリシアのことだと？」

「そうです、姉上や兄上と話したのですが、明日は母上の命日、それで……」

しかし、アドニスがアデルの言葉を遮る。

「それより、お前にやってもらいたいことがある」

「……母上のことより大切なことでしょうか」

「今は亡くなった者より生きている者のことを考えるときだ」

そう答えたアドニスを見て、アデルは思う。

——父上はもう私や家族のことなどどうでもいいのか……

アデルの心には氷のように冷たいすきま風が吹いていた。

「そうですね。今は個人的な感情は排除してガンマの存続のため働くときです」

アドニスはうなずき、こう告げた。

「お前にやって欲しいことがある」

アドニスの心配をよそにダントンの研究は続いていた。今日も実験は失敗、犠牲者が出てしまった。埋葬から戻ったダントンが手術道具を片付けようとする……と、研究室の入り口に人の気配！

「誰だ⁉」

振り返ると、顔色の悪い母親が華奢《きゃしゃ》な若い娘に支えられるようにして立っていた。一目見れば母親が赤死病にかかっているとわかる。娘は端正な顔立ちをしているが、母の看病の疲れか覇気がなかった。母親が懇願の眼差しで苦しげな声を発した。

「この子を、どうかこの子を……」

娘は黙ってダントンを見つめていた。

「お前を助けてやりたいのはやまやまだが、まだ無理なのだ……」

「わかってます、ですから娘を。この子は体が弱いんです、すぐに病に冒されてしまいます。このままではいずれこの娘も……。どうかダントン様の力で強い体に……」

母親は必死でダントンに訴えかけた。しかし相次ぐ失敗がダントンを気弱にしていた。

「かえって命をなくすことに……」

ダントンが断ろうとすると、親子の後ろから声がする。

「何を言っているんです、助けてあげましょう！」

いつの間にかゴーダイが戻ってきていた。

「娘さんのことはダントンに任せなさい」

「ゴーダイ、まだ実験は成功してないんだぞ」

「何もできないわけじゃない、今やれるだけのことをやってやりましょう。我々には一人でも多くの協力者が必要なのです」

ゴーダイの言葉を聞き、母親が必死で頭を下げる。

「お願いします、ダントンさま！」

その母親の想いがダントンの心を動かした。

「わかった。娘さんのことは私たちに任せなさい」

「ありがとうございます」

母親はホッとしたように微笑むと床に崩れ落ち、息をひきとった。

「お母さん！」

娘は母親の骸《むくろ》にすがりついて泣きじゃくった。するとダントンがおもむろに娘を抱きしめた。

「かわいそうに、名前は何という？」

「クロエ……」

「心配するなクロエ。私はお母さんと約束した。お前を必ず強い体にしてあげるからな」

ダントンの目からも涙が流れていた。

「今日からは私を父親だと思いなさい」

クロエは黙って見つめていた。

「さあ、お母さんが静かに眠れるように埋葬してあげよう」

そう言うとダントンは母親を抱き上げた。クロエは親鳥を追いかける雛《ひな》のようにダントンの後ろをついていく。

その様子をそっと隠れて見ている影があった、アデルだ。

アドニスがアデルに命じたこと、それはダントンの監視だったのだ。これ以上の犠牲者が出るようならすぐに報告するようにと言われたアデル。小さな頃から父を尊敬していたアデルにとって、たとえ父親が自分のことをないがしろにしていると感じたとしても、父親の期待に応えることがすべてだった。使命を全うするためにやってきたのだが、その心が少し揺れていた。

「肉体を改造する……か」

アデルは興味深げに呟《つぶや》いた。

ダントンの研究室にあるベッドの上でクロエが横たわっている。ダントンとゴーダイが手術を終えたのだ。

「これまでの我々の肉体改造の成果をこの娘に施した。気休めに過ぎないが、少なくともこれですぐに病に冒されることはないだろう。これが我らが今できる最善の処置だ」

ダントンがクロエの髪をなでながら微笑んだ。その様子を見ていたゴーダイが言う。

「ここで止まるわけにはゆきません。次の段階に進まないと」

ダントンの横顔が真剣な表情に変わる。

「これからは私自身の体でも実験を行う」

ゴーダイは驚いて言い返す。

「もしあなたに何かあったら、研究はどうするんです！」

「人々を危険な目に遭わせているくせに、自分が安全な場所にいてどうする。そう思わないか？」

「それは正論かもしれない、しかし……」

食い下がろうとするゴーダイをダントンが制する。

「集まってくれた者たちはいわば私の家族だ。家族のために、父親である私がやらなきゃいけないんだ。今までもそうするべきだったんだ。もう泣いている場合じゃない。私は決めたんだよ」

ダントンの声には反論を許さない強い決意が表れていた。そのとき、クロエが麻酔から目覚めた。

「おお、起きたか！」

ダントンはかがみこむと嬉しそうにクロエに顔を近づけ、優しく話しかける。

「心配するな、お前は前より強くなった。これからもっともっと強くなろうな」

しかしクロエは無表情だ。物心ついてからの過酷な地下生活と母親の死がクロエから感情を奪い去っていた。

と、ダントンがおもむろに立ち上がり、入り口のほうを振り返った。

「ほら、そんなところじゃよく見えないだろう。入ってくればいいじゃないか」

「？」

誰に話しているのかと怪訝そうなゴーダイ。入り口のドアを開けて姿を現した青年を見て驚きの声を上げる。

「アデル様⁉」

ダントンがアデルを手招きした。

「こっちへ来なさい」

「気づいていたんですか？」

「無論だ。私の監視を父上に命令されたか？」

「…………」

──こんな簡単な使命も果たせないのかと父上にあきれられてしまう……

見つかってしまったと苦々しい表情のアデルにダントンが言う。

「隠れて監視などしなくていい。私の横で堂々と見ていなさい」

思いもかけない言葉にアデルは面食らった。

「いいのですか？」

「もちろんだ。人間が自らの体を強くすることで生き残るのがまっとうな進化というものだ。私はその進化を加速させようとしているのだ」

「進化を加速、そんなことができるのですか？」

「できる。それに私は自分のやっていることが正しいと信じている。君は賢い青年だ。どう思う？」

アデルの目をじっと見つめるダントン。

「もちろん、その過程で犠牲が出るのをよしとしているわけではない。だから自分の身も実験に捧げるのだ」

――自分の身を犠牲にしてまで……

そんな心を見透かしたようにダントンがアデルに微笑みかける。

「君は君の心に従えばよいのだ。私のやっていることが間違っていると思うのなら、父上にそう告げるがいい」

アデルは驚いたようにダントンを見つめ返した。

――この人は俺のことも信じるというのか……

アデルの胸にダントンの言葉がジワジワと深く刺さっていった。

「……わかりました」

ダントンは満足そうにうなずくと、クロエのほうを向き、彼女をベッドから降ろした。

「クロエ、これからいっしょによいものを見にゆこう」

ダントンがクロエを連れていった場所、それは建物の外だった。空を指差すダントン。

「見なさい、クロエ。あれが空だよ」

それは赤黒くよどんでいたが、クロエにとっては初めて見る外界だった。どこまでも広く、どこまでも続く空。クロエの顔に驚きの表情が浮かんでくる。

「すごい……」

クロエの頬に徐々に赤味が差し、表情に生気が蘇《よみがえ》ってくる。いつしかそれは微笑みに変わっていた。

「すごいだろ？」

ダントンが笑いながら答えた。

「もう暗い穴蔵での生活は終わりにしよう。あんなところで生活していたら人間がダメになってしまう。皆にもこの広い空の下で自由に暮らして欲しい」

その言葉でダントンを真剣な眼差しで見つめるクロエ。

二人を建物の中からアデルが興味深げに見ている。

「………」

その後、アデルはダントンの研究室に出入りするようになった……もちろん、アドニスには内緒で。

それからまた数年が経過した。

赤黒い空は相変わらず人々の頭上に禍々《まがまが》しく存在し、病と絶望を人々にまき散らしていた。アドニスはイーディスの研究に賭けていた。

「友よ、頼む」

——もうこれしかない。

その悲痛な思いは、イーディスにもひしひしと伝わっていた。イーディスも必死だった。イゴールの協力もあって、研究はついに最終段階に入っていた。

研究室にイーディスとユルセンがいた。抱きかかえたユルセンにやさしく話しかけるイーディス。

「頼むからおとなしくしてくれよ。お前にガンマの未来がかかってるんだ」

猫のユルセンを眼魂化する実験を行おうとしていたのだ。丸い形の眼魂の中にユルセンのあらゆる情報をコピーし、元の肉体とリンクさせる。そのことによって肉体は保存したままアバターでの活動が可能になるのだ。

イーディスがユルセンに装置を装着しスイッチを入れ、ついにユルセンの眼魂ができあがった。

——問題はこれでアバターが制御できるかどうかだ……

眼魂をユルセンのアバターに組み込んだ。と、ブルブルッと震えたかと思うと、ユルセンのアバターが口を開いた。

「ぶっさいくすぎる！」

「な、なに⁉」

「ぶっさいくすぎるって言ってるの。おっちゃんもぶっさいくだけど、オレ様のこの姿は何？　なんで目玉のお化け？　わけわかんないんですけど」

「おい、喋ってるよな？　お前、猫のユルセンなんだな？」

「自分が喋れるようにしたくせに」

「やった、やったぞ！　私はついにやったぞ！」

うれしさのあまりユルセンをぎゅっと摑むとバシバシ叩いた。

「痛い、痛いよ！」

「おおっ、ちゃんと感覚もリンクしている‼」

「そういう風に創ったんだろ？」

「そうだ、そのとおりだ、ユルセン！　痛いか、そうか、痛いか⁉　くすぐるのはどうだ？　こそばゆいか？」

「ったく、だからやめろって！」

イーディスはもっと色々と確かめようとユルセンを捕まえようとする。しばらくの間、ユルセンは必死で逃げ回るしかなかった。

こうしてイーディスの眼魂システムの実験は成功した。しかし、一つ問題が残っていた。

「そうか、ついにやったか！　よくぞ完成させた」

イーディスの報告を受けて、アドニスは目を輝かせた。しかしイーディスは真剣な表情のまま、

「ただ、一つ問題が……」

と切り出した。

「それは何だ？」

「我々の持っている技術力では、このシステムを維持することができません。すべてのガンマの民をシステムに組み込み、そのアバターを維持するには、どうしてもあのお方の力が必要です。大丈夫でしょうか」

――グレートアイが力を貸してくれるかどうか……

アドニスも即答はできなかった。と、部屋の入り口にダントンが現れる。

「おやめ下さい、そんなシステム、とても成功とは言えません」

　イーディスはムッとし、

「素直にみとめたらどうだ？」

　とダントンを睨《にら》んだ。

「結局はグレートアイの力頼みじゃないか」

　ダントンが言い返す。

　見かねたアドニスが間に入った。

「いい加減にしないか」

「しかしアドニス様、いつまでも未知の力に頼っているようでは、ガンマの未来が本当に素晴らしいものになるとは思えません」

　――人間の力だけで解決しなければ意味がない……

　その思いが、ダントンを人体改造の研究にのめり込ませていたのだ。

「もしグレートアイがいなくなったら、どうなるとお思いですか？」

　ダントンは食い下がった。しかしアドニスはそれを一笑に付した。

「グレートアイがいなくなるわけがない。あの方はいつも我らの側にいてくださる。我々を助けてこの世界を創ってくれた恩人なのだ」

「しかし……」

「しつこいぞ、ダントン！」

ダントンがいくら説得しようとしても、アドニスの考えは変わらなかった。

「イーディス、さっそく準備に取りかかってくれ。私はあの方にお願いしてみる」

「承知しました」

深々と頭を下げるイーディス。

「間違っている……」

ダントンは吐き捨てるようにそう呟くと部屋を出ていった。

――友よ、なぜわかってくれない……

アドニスは悲しげにその後ろ姿を見送った。

アドニスが望んだ、人々がアバターで生活する眼魂システムが完成しようとしていた。

私が願いを聞き届けることにしたからだ。

アドニスの命により人々の眼魂が創られ、アバターで生活する者がどんどん増えていった。

「驚いた、まるで自分の体と同じだ！」

「もう病気だって怖くないってことだよな⁉」

「食べる必要だってないんだから、二度と飢えることもないのよ！」

「これって最高じゃないか⁉」

街では眼魂システムで生活し始めた人々の歓喜の声が上がっていた。最初は懐疑的だった者もいたが、皆の様子を見て態度が一変した。

「俺を先にやってくれ！」

「早く眼魂に！」

皆が押しかけて、イーディスは暴動寸前の群衆を抑えるために、余計な苦労を余儀なくされたほどだった。

その様子を満足げにみつめるアドニス。反対意見のダントンもアドニスの命令には逆らえず、嫌々ではあったが眼魂となりアバターでの生活を始めていた。

そこは『眠りの間』と呼ばれていた。

広大で無機質な部屋に無数のカプセルが並んでいる。並んでいるのは人々の元の体を保管している肉体維持カプセルだ。この中で、肉体は成長がストップしたまま、コールドスリープのように永遠に生きながらえることができる。

肉体はここにあっても、精神は眼魂システムによってアバターと共に現実の街にあるのだ。そのシステムを支えるエネルギーで、それにより持続可能なシステムになっている。眠っている人々から抽出する微弱なエネルギー源は、まさに永遠に死ぬことはないシステムを実現したのだ。

病の恐怖から解放され、人々は新しい生活にも次第になじんでいった。

並んだカプセルを眺めながらアドニスとイーディスが感慨深げに話している。

「友よ、よくぞ成し遂げてくれた」

アドニスの感謝の言葉にイーディスが微笑んだ。アドニスの心に久しぶりの平穏が訪れていた。

――ついに人が死なない世界を実現したぞ。今度こそ皆が幸せになる。アリシア、これで子供たちの未来は大丈夫だ……

こうしてアドニスの望む世界ができあがった。


しかしダントンは諦め切れないでいた。

「人体改造の研究はもう必要ない。中止しなさい、これは命令だ」

アドニスからそう告げられたが、秘密裏に研究室をつくり実験を続けようとしていた。

秘密の研究室は街の外れ、壁に偽装された入り口の奥にあった。やってきたゴーダイがまわりに誰もいないのを確認して研究室へ入ってゆく。中ではダントンが培養液を入れたカプセルの前でなにやら作業をしていた。ゴーダイがやってきたのに気づいたはずだが振り向きもしない。

「ここで何をする気だ？」

「実験だ」

「もはや意味はないだろう？」

「ある。グレートアイに頼っている限り、いつの日か必ずこの眼魂システムが崩壊するときが来る。そのときになって悔やんでも遅い。それが奴にはわかってない」

「でもどうやって続ける？　皆、眼魂になって、実験するための体がないんだぞ」

「なければ創る。そもそも人間の進化を加速させるためには、まず進化そのものを具現化するべきだったのだ」

「それは……まさか……」

「人間を創るということだ」

ダントンはきっぱりと言い切った。

「究極に進化した人類を創るのだ」

ゴーダイは自分の耳を疑った。思いも寄らない答えだった。ダントンがゴーダイの目をじっと見つめて聞いてきた。

「どうする、手伝うのをやめるか？」

「………………」

しばらく黙っていたゴーダイが口を開く。

「……いいや、人間が自らの進化で生き残るべきだというあんたの考えは間違っていないと今も思っている」

その言葉を聞いてダントンが嬉しそうにゴーダイを抱きしめた。

「そう言ってくれると信じていたぞ！」

「でも本当にできるのか？」

「もちろん膨大な時間がかかるだろう。だが、幸いなことにイーディスたちのおかげで時間はたっぷりある。皮肉なものだ。永遠に死なないという眼魂システムを使えば研究に長い年月をかけられる。だが、少しずつ、少しずつやっていこう」

ゴーダイがさらに質問をしようとすると、後ろから声がした。

「大丈夫！」

ふりむくといつの間にかクロエがそこにいた。

「父さんができると言ってるんだから必ずできる。私は信じてる」

クロエはダントンのことを父さんと呼んでいた。

「いずれにしてもまずは人間の体が必要だろ？」

ゴーダイが聞くと、ダントンは意外なことを言った。

「私の体を使う」

怪訝そうなゴーダイ。

「どうやって？　体は管理されたカプセルの中だぞ」

「ここに持ってくればいい」

「簡単に言うな、警備は厳重だ」

「大丈夫、協力してくれる若者がいるからな」

と、暗がりからアデルが現れた。

「確かに『眠りの間』の警備は厳重だ。外部の者に対しては……」

椅子に座り、興味深げに皆を見回すアデル。

――確かにアデルが協力するならできるかもしれない……だが、この若者はいったい何を考えているんだ……

ゴーダイはアデルの真意を測りかねていた。と、クロエが口を開いた。

「私の体を使って、父さん」

「いいや、私が自分の体でやるべきなんだ。これは決めたことなんだよ、クロエ」

「父さん」

「ありがとう、クロエ。私のかわいい娘」

ダントンがクロエの頭を愛おしそうになでた。クロエは生きる意味をダントンに見いだしていた。知らない人が見れば仲のよい親子に見えただろう……

数日後、秘密の研究室には、アデルの協力によって運び込まれたダントンの肉体がカプセルの中で眠っていた。

「さあ、始めよう」

ダントンにとって、それは常に死と隣り合わせの実験だった。あるときなど肉体の痙攣《けいれん》が一昼夜続いたこともあり、度重なる失敗で数日間瀕死の状態に陥ることも少なくなかった。

そのたびにクロエがダントンの肉体に付き添っていた。

「父さんを死なせるわけにはいかない」

その願いが通じたのか、それともダントンの対処が適切だったのか、肉体は死ぬことなく、数百年という気の遠くなる年月が過ぎていった。

その間に、見た目こそ大きく変わらないものの、ダントンの肉体はまったく違うものに変質していった。怪物化したといってもよいかもしれない。カプセルで眠ったまま人間を超えた強靱な肉体と身体能力を手に入れていた。さらに、様々な失敗の積み重ねが赤い空を含めたあらゆる外的要因への耐性を創り出し、その細胞を取り出して調べてみると老化もしなかった。

ダントンは期せずして不死身ともいえる肉体を手に入れたのだ。

アドニスは、姿を見せなくなったダントンのことが気になっていた。自分の部屋にアデルを呼び出し様子を聞く。

「ダントンは何をしている？　監視は続けているのだろうな？」

「もちろんです。ご心配には及びません、身寄りのない娘といっしょに静かに暮らしています。おとなしいものです」

「そうか、ならばよい。とはいえ引き続き監視は続けてくれ」

アデルの嘘を信じてホッとしたアドニス。

——友よ、幸せに暮らしてくれ……


しかし、ダントンの秘密の研究室では、アドニスの思いとは真逆のことが起こっていた。

「私はこの作り物の体を捨てることにした」

ダントンはゴーダイとクロエにそう告げ、自らのアバターの体に剣を突き立てた。体が飛散し、現れたダントンの眼魂がひび割れて砕け散った。すると、間を置かずにカプセルの中のダントンが目覚める。

「父さん、大丈夫⁉」

「気分はどうだ？」

クロエとゴーダイが心配そうに見つめている。手を上げて二人に大丈夫だと合図し、立ち上がるダントン。自らの体を確かめるように手や足を動かし、

「ふふふ……わかる、わかるぞ。私は変わった！」

と、自分がそれまで寝ていたカプセルを掴んだ。グッと力を入れると、メリメリという音と共にカプセルが台もろとも床からはがれ、持ち上がった。それをボールでも投げるように壁に叩きつけるダントン。カプセルは粉々になり、バラバラと音を立てて破片が床に散らばった。

「すごい……」

ゴーダイは息をのんだ。

――人間じゃないみたいだ……

そう思ったが口にはしなかった。ダントンがうれしそうに二人に告げる。

「皆が私と同じになればよいのだ」

しかし、実験の失敗が産んだ偶然の産物とも言えるダントンの肉体を再現することは不可能だった。あり得ない現象で、なぜこうなったのかを解明できないのだ。

――せっかく不死身の肉体を手に入れたというのに、人々に応用できなければ意味がない。これではアドニスだって眼魂システムをやめない……

なんとかして自分の肉体を活用する方法はないか、ダントンはそれを探り始めた。

ダントンの肉体を使った実験と同時に、進化した人類、つまり、理想の強化人間を創り出す実験も行われていた。

いくつもの培養カプセルの中に、人工的に創り出された小さな命の種が入れられている。それは、赤ん坊が受精卵から育つのとは違い、最初からある程度育った人間の形を形成してゆくクローンのような成長を見せるプロトタイプだった。

「これが進化した理想の人類になるっていうのか？」

アデルがカプセルの中を興味深げにのぞき込みながらダントンに聞いた。

「そうだ、人間が人間らしく進化するのだ。素晴らしいとは思わないか？」

「完成すればどうなる？」

「人類は未来への一歩を踏み出す。肉体が変われば精神も変わる。進化には新しい器が必要なのだ」

「進化した人間ねえ……」

「今の我々を見てみろ。皆は死なないことを喜んでいるが、自らの肉体を捨ててしまっている。それが人間か？　それが生きていると言えるのか？」

「………」

「人は自分の肉体で生きるべきなのだ。肉体に精神がやどっているからこそ人間なのだ。それを放棄してなにが理想だ。人間としての尊厳を放棄しているだけだ。私はこんなまやかしの世界から人々を解放してやるのだよ」

「果たして皆が喜ぶかな？」

「馬鹿者！」

ダントンが大声で怒鳴った。急に怒り出したダントンにアデルは面食らってしまう。アデルの両肩に手をやり、顔をのぞき込むダントン。腕を振り払おうとするが、ダントンは放さない。

「アデル、お前はどう思う？　お前は賢い。だからよく考えろ。その頭で考えろ」

「………………」

「お前は私のやっていることも父親のやっていることも近くで見てきた。だったらわかるはずだ。何が正しい？　何が間違っている？　人間として正しいのはどっちだ？」

ダントンはアデルの心の奥底を見透かすようにじっと見つめ、

「私はお前を信じている」

そう言うと微笑んだ。

――この人はどこまでも純粋でまっすぐだ。それに比べて……

耐えきれずに視線を外すアデル。

――私を信じている……

その言葉がアデルの頭の中をぐるぐると駆け巡った。ダントンが他の説明を始めたが、もはやアデルの耳には届いていなかった。

アドニスはアデルの変化に気づいていなかった。子供たちと自分との間に昔はなかった距離があるのはわかっていたが、それは自分が創り出したものだと思っていた。

——ガンマ世界のリーダーである以上、自分の子供たちだけを特別扱いはできない……

今感じている距離感は、成長した子供たちの厳格な父親に対する尊敬の念の裏返しなのだと……


アドニスが祈りの日々を送っている間に、ダントンの研究は進んでいた。秘密の研究室で、段々と子供の姿になっていくプロトタイプに毎日声をかけている。

「頑張れ、しっかり育つんだぞ」

心臓が鼓動を始め、命の躍動を目にしたときは、おもわず喜びの声を上げた。

「生きてる、こいつらはちゃんと生きてる！」

だが、その喜びもつかの間、すべてのプロトタイプの鼓動が止まり、成長半ばで息絶えてしまった。培養カプセルの中は悲惨な状態だった。ある者は右腕が形成途中でまだなかった。ある者は顔の半分が崩れていた。ある者は足ができかけの状態のままだった。

「なぜだ、なぜうまくいかない！」

苦悩するダントンをゴーダイが慰める。

「根気よくやろう。設定を少し変えてみよう」

ダントンはうなずいてから、

「その前に、彼らを埋葬してやらないと」

と、カプセルに向かおうとした。

「廃棄すればいいでしょう。これはまだ人間ではない、失敗作です」

「だとしても、尊い犠牲だ」

——お前たちの失敗は絶対に無駄にはしないからな……

ダントンはそう誓った。しかし、何度やっても期待はことごとく裏切られ、プロトタイプたちは成長途中でその命を終えた。

あるとき、ダントンを見てプロトタイプが笑顔を見せた。しかし、目の前でその笑顔がボロボロと崩れ、顔が崩壊してしまった。

「うわあああああ!」

思わず叫び声を上げるダントン。

——すまない、本当にすまない……

「もうやめよう、これ以上、あの子たちを辛い目に遭わせたくない……」

ダントンの言葉にゴーダイが反論する。

「諦めてはダメです。成功させてこの子たちに命を与えなければ、これまでの犠牲がすべて無駄死にになる！」

　ゴーダイの言葉がくじけかけていたダントンの背中を押した。

　それからいったいどのくらいの失敗作を廃棄しただろうか。数百年かけて苦悩と焦りと悲しみがダントンの心をむしばんでいった。自らの実験の正当性を主張するがあまり、すべての責任の矛先を、自分を認めないアドニスとイーディスに向けてゆくダントン。

「進化した理想の人類を創り出して、私の考えが奴らより優れていると思い知らせてやる！　私の細胞を使えば、絶対に進化した理想の人類も創り出すことができるはずだ」

　ダントンはプロトタイプに自分の細胞を組み込んで実験を続けた。

　秘密の研究室では、生まれ変わったクロエがダントンの横に立っていた。クロエの胸にはルビーのように赤く輝く強化リアクターが埋め込まれ、そこから赤い血管のような筋が首筋に向けて伸びている。満足そうにダントンがゴーダイに言う。

「クロエは私の血液と細胞を利用したリアクターで生まれ変わった。この娘は自分の肉体で今ここにいる」

　自分のときと同じように、クロエの体を『眠りの間』から盗み出し、自らの細胞を使って更なる改造を施したのだ。

「ありがとう、父さん」

クロエが嬉しそうにダントンに寄り添った。

ダントンはゴーダイにこれからの計画を打ち明ける。

「同志を募り、彼らをアバターから解放する。そして肉体を取り戻してリアクターで強化していくつもりだ」

「アドニス様に隠れてやるつもりか？」

「私のことを認めない奴など指導者失格だ。イーディスやアドニスのことだ、そのうちこの研究をかぎつけるに違いない。連中に邪魔させてなるものか」

ゴーダイはハッと気づく。

――ダントンは改造した連中にここを守らせる気か？……

その考えは当たっていた。

「どんなことをしてもこの研究を完成させて私を排除した奴らを見返してやるのだ」

――目的がいつの間にかすり替わっている。だがそれでいい。この研究を完成させるのだ。どんなことをしても。それ以外になにがある、お前の人生に……いや、俺の人生に……

黙ってダントンの話を聞いていたゴーダイの目に一瞬迷いが浮かぶ。

ダントンの行動は慎重だった。それから長い年月をかけ、自分の考えに賛同する信用できる同胞を少しずつ集め、彼らをリアクターで改造していった。

――ある程度の戦力となるまで、アドニスたちに気づかれるわけにはいかない……

そう思っていたからだ。ゴーダイは肉体を取り戻し、リアクターで改造もすませていた。

進化した理想の人類を創る実験も相変わらず続いていた。ダントンは前にも増して気持ちを向け、男の子だけではなく女の子の培養も始めていた。そのため、最近では一日のほとんどを培養カプセルの微調整に費やしていた。

「私がお父さんだよ。はやく大きくなって私を喜ばせておくれ」

カプセルをのぞき込んだダントンは、

「子守歌を歌ってあげよう」

と、いつもの歌を歌い出した。

『笑顔で作った　たまごはあともう一歩
涙と怒りじゃ　たまごはすぐ割れる
血を注いで　生命《いのち》削って　できた
愛しい　命のたまごは　ぺっしゃんこ
温めすぎて　ぺっしゃんこ』

毎日毎日、果てしなくこれが繰り返された。

眼魂システムは順調に稼働し、何百年も平穏な日々が続いていた。アドニスは平和で人が死なない世界をもたらしてくれた救世主への感謝の祈りを怠らなかった。

――ありがたいことだ……。

ダントンの監視を任せているアデルからも問題はないという報告しか来なかったため、すっかり安心しきっていた。まさかダントンが究極の人間を創り出そうとしているとは……。

眼魂システムが稼働する前から、イーディスはモノリスの研究をしていた。

――モノリスはグレートアイの移動装置、どうにか使えないものか……。

しかし、調べても調べてもその活用は難しかった。起動することはできても、生き物、つまり有機物は入ったとたんに消滅してしまう。

――無限の地獄に落ちてしまうのか？……。

有機物が通過するにはグレートアイの何かしらの力が必要だとわかっていた。

――でも無機物なら……。

イーディスは、眼魂をモノリスに送り込んでみた。すると、かつて自分たちが過ごした地球の様子が見られるではないか。それから時々地球の進化を眺めるのがイーディスの楽しみとなる。

今日もまた地球をのぞいていると、退屈したユルセンがユラユラとやってきた。

「おっちゃん、遊ぼうよ」

「今、忙しいんだ」

「ウソつけ。ねえねえ、何が見えるの？　地球だっけ？　里心がわいちゃった？」

「うるさい！　地球の話はしちゃいかんのだ！　他では絶対に内緒だぞ」

「地球に戻りたがってるっていいつけちゃおうかなあ～」

「ユルセン、よせ！」

「どうしようかなあ～」

「わかった、わかった、遊んでやるから」

イーディスもまた、ダントンの動きに何も気づいていなかった。

その間にダントンが改造した同胞はかなりの数に増えていった。眼魂システムで生活するためになくしたものも多く、完璧とも思えたガンマ世界に対して不満を持つ者が多数いたのだ。

ある者は食べる喜びを懐かしみ、ある者は寝る喜びを再び得たいと願った。たとえ無茶をして死ぬ目に遭っても、もとの肉体で目覚めて再び眼魂となって復活できる……それは喜ばしいことに思えたが、そこにスリルという楽しさはなかった。

「死なないならどうでもいいや。働く意味もねーし」

そんな無気力が長い年月のうちに蔓延していった。それがいつしか眼魂システムへの不満へと変わっていったのだ。

「死んでもいいから地球へ戻りたい……」

中にはそう言い出す者もいた。しかし公然と不満を口にすることはできなかった。地球のことを話題にすることが禁じられたのと同じように、それを口にすることはガンマ世界への裏切りと思う人間も多かったのだ。

実際、ジャイロたちが目を光らせていた。もともとはアドニスが人々のためにと始めたことだった。

「ジャイロ、人々の生活に何か問題が起こってないか、街を見回ってくれ」

「承知しました」

しかし、長い年月の間に、いつしかそれが監視となってしまっていた。人々はジャイロたちを恐れていた。それゆえ、同じ思いを持つ人々は、普段は何の不満も持っていないふりをして生活をして、地下で繋がるようになった。そのネットワークにダントンが目をつけたのだ。

　だが、改造された人間が増えたことで、次第に人々の間で噂となり、ついにアドニスの知るところとなった。


「進化した理想の人間を創っているだと？」

『謁見の間』で、アドニスは信じられないといった面持ちで目を見開いた。

「ダントンか……」

　ジャイロが報告を続ける。

「はっ、それ以外にも、ダントンは街の人間を改造して生身の体での生活を可能にしている模様です」

　――なぜだ、ようやく人の死なない世界を実現し、皆が幸せに暮らしているのに。人々を犠牲にして改造して何になるのだ。やめろと言ったはずなのに、あの男は私の命に背いていたのだ……

　アドニスの心に怒りがふつふつとわき上がった。

「ダントンを呼べ！　抵抗するようなら強制的に連行するのだ」

「はっ！」

　ジャイロが早足で下がっていった。控えていたアルゴスがアデルを問いただす。

「アデル、お前が監視役だったな。何も気づかなかったのか？」

「もしそれが本当なら、私のミスです、兄上」

「ミスですむ話ではないだろう。お前もわが一族の一員としての自覚を……」

「もうよい」

アドニスがアルゴスを制した。

「ダントンは知恵が回る。若いアデルが気づかなかったとしても、それは仕方がない」

「申しわけございません、父上」

アデルは深々と頭を下げたが、その表情に反省の色は微塵もなかった。だが怒りに震えたアドニスはそのことにも気づかない。

街の中でダントンはジャイロたちに取り囲まれた。

「アドニス様がお呼びだ」

「待っていたぞ、ずいぶんと遅かったな」

そう言うとダントンはジャイロたちの先をスタスタと歩き出した。

「オイ、待て！」

慌ててジャイロが追いかけていく。

『謁見の間』のアドニスの前に連行されてもダントンは平然としていた。アルゴス、アデル、アランがアドニスの後ろに控えている。

「ダントン、『眠りの間』から体を盗み出し、人々を目覚めさせ改造したのはお前だな？」

「そうです」

「なぜそんなことをした。私はやめろと命じたはずだ」

「すべては人々のため」

「なんだと？」

アドニスにとってダントンの答えは意外なものだった。

「人間は人間の力だけで進化して生きるべきなのです。未知の力などを借りずに己の肉体で生きる、それが正しいのです」

アドニスはかつての友に詰め寄ると両手で肩を掴んだ。

「お前はガンマ世界を壊すつもりか？」

「逆です、救うのですよ。私の考えが正しいと証明してみせます。どうか私に皆の改造をやらせて下さい」

「ダメだダメだ、そんなことは許さない」

ダントンはアドニスの手を肩から払いのけ、フッと笑った。

「だから密かにやっていたのだ」

「⁉」

　ダントンの雰囲気が急に変わったことに驚くアドニス。

「ダントン、ガンマの民は、イーディスの創り上げたシステムで心安らかに暮らしているのだ」

「心安らか？　これはおかしい」

　ダントンは大きな笑い声を上げた。

「笑うな、父上を侮辱する気か⁉」

　血気盛んなアランが声を荒らげた。

「これは失礼。ではどうして私の考えに賛同して改造を願い出てくる人が後を絶たないのでしょうな、アドニス様？」

「黙りなさい」

「それはイーディスの創ったシステムが人間の尊厳を損なっているからだ。あなたはなぜそれに気づかない⁉　それでも皆の指導者か⁉」

　強い口調でアドニスを睨み付けるダントン。

「グレートアイの力に頼った幸せなどいつかは崩壊する。まやかしの人生を送るなど、人間らしい生き方ではない」

「命を創る研究のどこが人間らしいというのだ。神にでもなったつもりか」

「人間が人間らしく進化するための研究だ。肉体が変われば精神も変わる。進化には新しい器が必要なのだ」

「改造した人々を元に戻しなさい」

「嫌ですな。第一、本人たちに聞いてみればいい、誰もが嫌がるに違いない」

アドニスは話の通じないかつての友人を見やった。

「……友よ、いくら話しても無駄なようですね」

「残念だ」

ダントンもまっすぐにアドニスを見ている。

「私の言うことが聞けないと言うなら、お前を拘束するしかない」

「ほう、そんなことがあなた方にできますかね？」

ダントンがニヤリと笑った。

「仕方ありません」

アドニスの合図で、ジャイロ、アルゴス、アデル、アランの四人がダントンを取り囲んだ。

「悪いことは言わない。やめておけ。それに私は闘う気などない」

ダントンの言葉を無視し、ジリジリと間合いを詰めていく四人。と、アランが一歩前に出た。

「私にやらせて下さい。日頃の鍛錬の成果をご覧に入れます」

しかしアルゴスがアランを止める。

「私が相手をする、お前は見ていろ」

日頃からアルゴスの言葉には逆らえないアランは、

「……わかりました、兄上」

と、渋々引き下がった。

その後に繰り広げられた光景は、アドニスたちにとってとうてい信じられるものではなかった。ただ一人、ダントンの能力を知っていたアデルを除いて……

対峙したアルゴスとダントンはどちらも武器を持っていなかった。一瞬の間合いの後、ほぼ同時にお互いの攻撃を繰り出す！　格闘技に優れた才を持つアルゴスは、ダントンより数段速く蹴りを入れた……と思われた。しかし次の瞬間に壁に叩きつけられていたのはアルゴスだった。鈍い音を立てて壁と共にアルゴスも床に落ちた。

「兄上！」

アランの驚きの声が部屋に響いた。

「今のはなんだ？」

ジャイロが信じられないという面持ちでダントンを見る。アランがアルゴスに駆け寄る。

「兄上、大丈夫ですか」

「ああ……」

なんとか起き上がったアルゴスだが、フラフラとよろめいて膝をついた。

「私に任せて下さい」

ジャイロがダントンの前に立《た》ち塞《ふさ》がる。

「やめたほうがいい。私は不死身の体を手に入れたのだ」

「誰がそんな世迷い言を信じるか！」

ジャイロが繰り出したパンチは、ダントンの頬を的確に打ち抜いた……はずだった。しかし現実はパンチを出したジャイロが腕を押さえて苦しんでいる。ダントンは何事もなかったかのように、

「だからやめておけと言ったのだ」

と、笑った。

「貴様！」

突進しようとするアラン、アデルがその腕を摑んで止めた。

「やめろアラン！」

「放してくれ、兄上！」

アデルの手をふりほどこうとするアランに、アドニスが強い口調で言う。

「兄の言うことを聞きなさい、アラン！」

「しかし！」

「ダントンの言っていることは本当のようだ。今のお前ではとうていかなわない」

「…………」

──悔しいが父上の言うとおりだ……

アランは唇を噛んだ。

「わかっていただけたようですな。では私はこれで失礼します」

ダントンは悠々と出口へ向かっていった。戸口には、遅れてやってきたイーディスが今の出来事を見て言葉を失い立ち尽くしていた。

「イーディス、見ているがいい。ガンマの人々が幸せになるには、私の考えのほうが正しいと証明してみせる」

ダントンはそう言い残すと去っていった。去り際に一瞬アデルと視線を合わせたが、その場にいる誰も気づかなかった。

あまりの出来事に皆が黙り込んでいた。

──ダントンはこれから何をするつもりなのだ？　何にせよ、やつが人々を改造し続ければ秩序は乱れてしまう……

「友よ、ダントンに打ち勝つ方法はないのか？」

アドニスに問われ、イーディスは返答に困った。あの不死身の体がいったいどうやって創られたのか、見当もつかなかったのだ。イーディスの困惑した表情を見たアドニスは声を荒らげる。

「なんとかしないとガンマ世界が崩壊しかねないのだぞ！」

「わかっております。お任せ下さい！」

思わず頭を下げるイーディス。

「どうしてこんなことに……」

頭を抱えるアドニス。

街に出たダントンは、これまでのような隠れた活動をやめ、大々的に賛同者を募った。

「諸君に問う。アドニスが創ったこの世界はどうだ？　この世界になってよかったと心から言えるか？」

ずっと姿を消していたダントンが現れたので皆は驚いていた。

「ダントンだ！」

「噂じゃ不死身になったらしいぞ」

「生身の体で生きられるらしい」

「俺の友達も改造手術を受けたって！」

皆が口々に騒いでいる。ダントンはさらに続けた。

「皆、偽りの体を脱ぎ捨てるときが来たのだ。人間は自分の力で進化して未来を開くべきなのだ。自分の体でこの世界を生きるべきなのだ。それが人間だ！　私がその手伝いをしようじゃないか。私に賛同する者はどうか集まって欲しい！」

一人の女がおずおずと進み出た。

「でもダントン様、アドニス様がお許しにならないのでは……」

ダントンは優しく微笑みかけた。

「アドニスとは話してきた。残念ながら意見は相容れなかったが。彼らは私を拘束しようとしたが何もできなかった。それは私が不死身の体を手に入れたからだ」

噂は本当だったのかとどよめきが起こった。

「心配はいらないよ。私の賛同者は私の家族だ。私が貴方たち家族を守ってみせる」

するとそこにダントンによって改造された同胞たちが集結した。

「俺たちはダントン様に改造してもらったんだ」

「この体は最高だぞ！」

「何も不安になることはない」

皆、胸にリアクターをつけていた。その中の一人、か弱そうな女が前に出た。

「これを見て！」

そう言うと、目の前にあった大きな荷車を軽々と持ち上げた。

「これが今の私よ！」

今度はおおーっというどよめきが起こった。

アドニスが『祈りの間』から出てくると、ジャイロが駆けつけてきた。うやうやしくひざまずくジャイロ。

「アドニス様、ダントンの呼びかけに多くの民が集まっているとの報告が。すでに百人以上、さらにどんどん増えていると」

「ダントンは皆を改造するつもりなのか……」

「間違いなく」

「なんということを……」

――なんとしても止めなくては……

アドニスがジャイロに指示を出そうとしたそのとき、アデルが現れる。

「父上、『眠りの間』が大変なことになっています！」

「どうした？」

「多くの者が目覚めているのです」

「なに⁉」

「ダントンの呼びかけに応じた者たちが、眼魂を壊して自分の体に戻ったのでしょう」

「早まったことを……」

「どんどん増えています。とても警備の兵だけでは抑えきれず、すでに多くの者が街へ出てしまいました」

アドニスは苦悩の表情を浮かべた。

「こんなことを許せばガンマは終わってしまう。ジャイロ、『眠りの間』へ！」

「はっ」

「総力を挙げて皆を止めるのだ。ただし、生身の者を殺してはいかん。大切なガンマの民だ。いいな？」

「はっ！」

ジャイロが走り去った。

「父上、私は街の様子を見て参ります」

アデルはお辞儀をすると部屋を出ていった。

一人残されたアドニスはこれまで感じたことのない不安に襲われていた。

「……嫌な予感がする……」

アドニスの不安は的中することになる。戦争という最悪の形で……

この壮絶な戦争は百年以上続き、人々は後に『ガンマ百年戦争』と呼ぶことになる。

今まさにその火蓋《ひぶた》が切られようとしていた。

『眠りの間』では、目覚めた人々とジャイロたち兵士がにらみ合っていた。その間にも次々にカプセルから人が目覚めている。

「出ていくことは許さない！」

ジャイロの合図で兵士たちが出入り口を塞いだ。と、後方からクロエが現れ、兵士たちを素早い攻撃でなぎ倒し逃走用の通路をつくった。

「皆、こっちよ！」

クロエの誘導で皆が一斉に出入り口へ向かう。兵士たちは阻止しようとするが、クロエが攻撃を加えてそれを許さない。

「あの女を止めろ！」

兵士たちがクロエをめがけて槍のような武器を突き出す。鋭い切っ先がクロエの頬をかすめるが、彼女は顔色一つ変えない。次の瞬間、槍は真っ二つに折られ、兵士たちは床に這いつくばっていた。ジャイロが身構える。

「なんて女だ……」

無表情のクロエは、その美しい顔立ちゆえになんともいえない不気味さが漂っている。

きびすを返して皆を追いかけていくクロエ。

「追え！」

ジャイロたちも後を追った。

結局、ジャイロたちは目覚めた人々を連れ戻すことはできなかった。その後も同じことが起こり、ダントンの呼びかけに応じた多くの人々が改造を望んで彼の元へ集まった。

アドニスは焦った。

「『眠りの間』の警備をもっと厳重に！　民をダントンの元へ行かせてはならない！」

アドニスはなんとかして阻止しようとした。しかし、ダントンは賛同者をゲリラ的に集団で目覚めさせ、それをクロエたちに助け出させた。そのたびに戦闘となり、その小競り合いは数十年続いた。

イーディスとイゴールは、ダントンによって強化された人々の戦闘能力に対抗すべく、戦闘用のアバターの開発に取りかかっていた。

だが、アドニスは本格的な戦争をするつもりはなかった。

——間違っているとはいえ、ダントンもガンマのためだと思ってやっている。何か解決の方法があるはず……

アドニスは心のどこかでそう思っていた。それゆえ、眼魂派のアドニス陣営と改造派のダントン陣営は、お互いを牽制しつつ睨み合いを続けていた。

アルゴスたちは、このままではダントンたちを増長させるだけだと訴えた。

「父上、闘うべきです！」

だがアドニスはその過激な意見を抑えて止めた。

「我々は皆同じガンマの民だ。闘うことなどあってはならない」

――人が死なない幸せな世界を創るとアリシアに誓ったのだ。人が死なない幸せな世界は実現した。誰もが永遠の未来を享受できる。それなのになぜ同胞同士争わなくてはならないのだ。今度は多くの命を失わせるわけにはいかない……

アドニスはじっと我慢していた。


我慢できなかったのは民衆だった。あちこちで改造派と眼魂派が衝突した。

「我々のほうが正しい、奴らを正してやるべきだ！」

「奴らは人間じゃない！」

「俺たちのほうが優れてるんだ！」

衝突するたびに相手への憎悪が膨らんでいった。そしてその不満はいつしか闘わないリーダーへと向けられた。

「アドニス様はなぜ闘わない⁉」

「ダントンを認めるのか⁉」

「父上、ご決断を！」

それはもはやアドニスにも無視できないものとなっていた。

――このままでは内部から崩壊してしまう、なんとかしなくては……

だが、アドニスが決断するより先に民衆同士が闘い始めてしまった。民衆に対抗するためにアルゴス、アラン、ジャイロが立ち、小競り合いではなく本当に闘い始めてしまったのだ。

アドニスはついに決断した。

それを知り、不安になったアリアがアドニスに問う。

「父上、本当によいのですか……」

「やむを得ない。だが両陣営の犠牲を最小限に抑えるために、闘いは速やかに終結させるのだ」

しかし、アドニスの意に反して闘いは泥沼化。こうして『ガンマ百年戦争』へと突入していった。

アドニスは組織を軍隊化し、自らが総司令官として指揮を執った。服装も軍服に替わり、武器の開発も進められた。この戦争はどちらが優れているかという闘いでもあった。強靱な肉体を手に入れた改造派は少々の攻撃では倒れなかった。

一方、眼魂派は、イーディスとイゴールが研究していた戦闘用アバターのアサルトシステムとコマンドシステムを導入。戦闘能力では強化人間に劣るものの、たとえ倒されても眠っていた肉体で目覚め、また眼魂となってアバターで復活した。

倒しても倒しても終わらない戦いが繰り広げられた。一進一退の攻防、途切れない緊張感、何度も訪れる死の瞬間、しかし終わらない……悪夢のような毎日だが、痛みだけはこれが現実だと教えてくれる。

新たな武器が開発され、街が破壊されていった。あっという間に繁栄していた都市は見る影もなくなってしまった。

そして、次に壊れたのは人々の心だった。延々と続く戦いのせいで、次第に厭世観が人々を支配していった。

――これは終わらない地獄だ……

――もう、限界だ……

――嫌だ、嫌だ……

どちらの陣営も自殺する者が続出した。

グレートアイに助けてもらおうという意見も出たが、アドニスは否定した。

「これは自分たちで決着をつけるべき問題だ」

たとえアドニスが私に願ったとしても、きっと静観していたに違いない。アドニスの言うように、これは彼らが自分たちで決着すべき問題なのだ。


戦争は先が見えず、泥沼化していた。

「決着をつけるには奴らの眠っている体を排除するしかない」

「本当の死を与えてやれ！」

これまでも改造派は何度となく『眠りの間』の襲撃を計画したが、アドニスたちの守りが厳しく、戦争が始まってからはたどり着くこともできずに失敗に終わっていた。

そこで改造派はゲリラ的な作戦を立てた。眼魂派から改造派への転向者を見つけ出し、暗殺者に仕立てる。そして『眠りの間』で目覚めさせ、その暗殺者に眼魂派の眠った体を殺させるという、卑怯きわまりないテロのような方法だ。


一人の男が『眠りの間』で目覚めた。男がゆっくり起き上がると、一人残っていた警備兵が近づいてきた。おもむろに男がその警備兵から剣を奪って突き刺す。男は暗殺者だった。警備兵の眼魂が砕け散った。見回すと、遠くで起き上がる警備兵の体が見えた！　走っていった男はその起き上がった警備兵を突き刺した……今度は赤い血が流れ、警備兵は絶命した。

男はすぐに部屋の奥へと向かった。アドニスたち一族の体が眠る特別な部屋があるのだ。扉をこじ開け、男がその部屋に入る。そこにはアドニスやアルゴス、アリア、アデル、アランが眠っていた。男はアドニスの体の前に立つと、ニヤリと笑い剣を振り上げた。と、おもむろにアルゴスが目を開ける。戦闘で改造派の爆弾にやられて目覚めたのだ。血のついた剣を持った男を見て、ただ事ではないと気づくアルゴス。

「何をしている⁉」

男がアルゴスに向けて剣を振り下ろす！　飛び起き、男の腕を掴んで剣を防ぐ。しかし目覚めたばかりのアルゴスはよろけて倒れてしまう。

「死ね！」

男が剣でアルゴスの腹を突き刺し、勢いあまって転がる。アルゴスが叫ぶ。

「うおおおおお！」

残った力を振り絞って自分に刺さった剣を抜く。傷口から血が吹き出た。

「させるか！」

アルゴスは男の胸に剣を突き立てた！　絶命する男。

「私が……家族を……守る……」

アルゴスの体から力が抜けていった。

駆けつけた警備兵たちによって、アルゴスはすぐにイーディスの元へ運ばれた。

――かわいそうだが、もう助からない……

イーディスにもどうしようもなかった。

――まてよ、眼魂になら……

イーディスはすぐにアルゴスの眼魂を創った。その時の傷で病に伏し、数日後、アルゴスは息をひきとった。だが、データは残ったのだ。そこにアドニスが駆けつけてきた。

「アドニス！」

息子の名を呼び、遺体にすがるアドニス。イーディスは部屋の隅で手の中のアルゴス眼魂を見ていた。

――このことをアドニスに告げるべきか……

だが、イーディスは黙っていた。アルゴスは確かに死んだのだから……と。

「許してくれ、息子よ！」

天を仰ぎ、絶叫するアドニス。

「うおおおおおお！」

アドニスの怒りと苦悩と悲嘆が混じった叫びはいつまでもやまなかった。

戦争の終盤、ダントンの秘密の研究室で奇跡が起きようとしていた。

「ゴーダイ、クロエ、来てくれ！」

ダントンが興奮した様子で手招きしている。三つの培養カプセルの中で、同じ顔をした二、三歳の男の子が静かに寝息を立てていた。

「ここまで完璧に育ったのは初めてだ。しかも一、二、三。三人だ！」

そう言うと、ダントンは一つ目のカプセルを開いた。

「よしよし、お父さんが今だっこしてやるからな」

両手を伸ばして赤ん坊を抱きかかえるダントン。しかしその瞬間、子供の体はボロボロと崩壊し、肉の塊となってカプセルの中に落ちた。二人目も同じことが起こった。

「なぜだ、なぜここまできて失敗する！」

ダントンが悲痛な声を上げた。

しかし三人目を抱き上げたとき、その奇跡は起こった。ダントンの腕の中で、キャッキャキャッキャと子供が声を上げたのだ！

「笑った、この子が笑ったぞ！」

ゴーダイは冷静にうなずいた。

——成功だ……

満面の笑みを浮かべたダントンが子供を高く掲げる。

「奇跡だ、これは奇跡だ！　お前は奇跡の子だ！」

驚いたことに、女の子のカプセルでも一人だけ成功した子供がいた。ダントンは男の子に『リヨン』、女の子に『ミオン』という名前をつけた。

ダントンは同じように第二のリヨンとミオンを創ろうとしたが、ことごとく失敗した。

結局、成功したのはこの二人だけ、まさに奇跡の子供だったのだ。

「お前たち兄妹は必ず守ってやる。それに、お前たちを研究してもっと兄弟を増やしてやるぞ」

ダントンは二人のために誓った。

――この子たちのためにも我らが勝つ！

一方、イーディスの研究室でも奇跡的なことが起ころうとしていた。イーディスとイゴールは、戦争が始まってからずっと、ダントンの人体改造を調べてリアクターを無効化する装置を開発していた。

――これさえ完成すれば我らが勝つ。

しかし、ダントンの不死身の細胞と血液から創られたリアクターを無効にする方法が発見できず、すでに百年近い月日が経っていた。だがついにその時がきた。

「これだ、見つけた！」

イーディスの絶叫が研究室に響いた。

「よくやった！」

イーディスの報告を受けてアドニスは安堵のため息をついた。

──これで戦争は終わる……。

だが、アドニスの安堵は更なる苦悩に変わる。

──これを使えばダントンたちは普通の人間に戻る。しかし、それはすなわち、攻撃すれば彼らが死ぬということ……。再び多くの命が失われてしまう。今は敵対していても、彼らも同胞……。

本当にこれでいいのかという迷いが押し寄せる。

「使用の許可を」

「…………」

──使うしかないのか……。

ジャイロの求めにアドニスは押し黙ったままだ。

「アドニス様？」

「…………」

――使ってはダメだ、間違っている、民を殺していいわけがない！

心が抵抗していた。自問自答が何度も繰り返された。アドニスの脳裏に今までの出来事が走馬灯のように駆け巡る。

笑顔が溢れるかつての地球での生活、残虐な凶王に苦しむ民たち、グレートアイとの出会い、ダントンやイーディスと共にガンマ世界を皆で協力して創り上げた喜び、赤い空の恐怖、死にゆく人々、アリシアの最期、眼魂システムでできあがった人が死なない世界、反抗するダントン、繰り返される闘い、殺されたアルゴス、息子の遺体にすがって叫ぶ自分、ここまでの長い長い道のり……

――すべては理想の世界のため……

長い沈黙が終わったとき、迷いは消えていた。

「使用を許す」

アドニスは自分の心を殺した……

戦闘の様子が一変した。イーディスの開発したリアクターバスターのせいだった。これで撃たれると改造派のリアクターは破壊されて機能を停止し、普通の人間に戻ってしまうのだ。

一気に眼魂派が優勢となった。これまで強靭な肉体に撥《は》ね返《かえ》されていたすべての攻撃が有効となり、改造派の死体が戦場に山積みとなった。空と同じように地上も血で真っ赤に染まった。

それを見てもアドニスはもう涙を流さなかった。

――徹底的にやるしかない、これが未来の礎となる。

戦争も終わりが近づいていた。司令室のアドニスの元にジャイロがやってきて、ダントンが人工的に子供を創り出すことに成功したらしいと報告した。

――なんと愚かな……

アドニスは迷わずジャイロに告げる。

「遺恨を残さぬよう、その子供たちを見つけ出してすべて処分しなさい」

――二度とこのようなことが起こらないようにしなくては……

アドニスは闘いが終わった先のことを考えていた。

秘密の研究室にゴーダイが戻ってきた。ゴーダイのリアクターはまだ破壊されていなかったが近くまでアドニスたちの兵が侵攻してきている。

――もう我々に勝ち目はない。この子たちのことも知られてしまった。きっと処分されてしまう……

ベッドで寝ていたリヨンとミオンが目を覚まし、ゴーダイが戻ってきたのを喜んで無邪気に笑っている。リヨンがペタペタと歩いてきてゴーダイの手をその小さな手で握った。

「！」

ハッとするゴーダイ。赤死病で死んでしまった息子の笑顔がリヨンに重なったのだ。

愛していた息子、愛していた妻、本当に幸せだったあの頃……

愛する者の死を境に自ら消し去った暖かい感情、とっくになくしたと思っていたその感情がゴーダイに押し寄せてくる！　いつの間にか涙が頬を濡らしていた。

——今度こそ死なせはしない。この子たちを助けなくては！

ゴーダイは二人を抱え上げた。

——ダントンには研究材料にされ、アドニスたちにとっては存在してはいけない子たち。この世界にはいられない、どこか他の場所へ……

しばらくして、ダントンもリヨンとミオンを避難させようと秘密の研究室に戻ってくる。だが、二人の姿は消えていた。

「どこに行った⁉」

ハッとするダントン。

——ゴーダイが連れていったのか⁉

ダントンには思い当たる節があった。それは形勢が圧倒的に不利だとわかったとき、ゴーダイがふと話した一言だった。

「この子たちを連れてゲートを通って地球に逃げられないだろうか」

「我々のような有機体は通れない。通るためにはグレートアイに頼むしかないが、あいつは奴らの味方だ。勝つしかないんだ」

ゴーダイが本気だったとしたら……。ダントンは急いで研究室を出た。

モノリスは、アドニスたちがこの星にやってきたときと同じ場所に今も立っていた。ゴーダイがリヨンとミオンを抱えて現れる。途中、何度もアドニスの兵士に見つかりそうになったが、なんとかやりすごしてやってきたのだ。

「頼む、グレートアイ、ゲートを開けてくれ！」

ゴーダイは空に向かって叫んだ。だが何の反応もない……。必死でモノリスを叩くゴーダイ。

「開けてくれ！　開けてくれ！　開けてくれ！」

何度も何度も、何度も何度も……。打ち付けるゴーダイの拳から血が滲んで流れた。だがやはり何の反応もない……。力尽きたゴーダイはヘナヘナとその場に崩れ落ちた。ただならぬ雰囲気を感じて、リヨンとミオンが泣き出した。

——お願いします、この子たちを助けて下さい。この子たちは人間です、この子たちの未来を奪わないで下さい……

そのとき、モノリスが稼働し、ゲートが開いた。

「えっ!」

祈り、それは思いのパワーでもある。

私はゴーダイの願いに応えてやることにした。

「ありがとうございます!」

ゴーダイは泣いている二人を抱え上げた。

「行こう、リヨン、ミオン」

すると後方にダントンが現れた。ゲートが開いているのを見てぎょっとするダントン。

「やめろゴーダイ! バカなことを考えるな!」

ものすごい形相でダントンが突進してくる!

——ダントンといっしょにいたら、この子たちは幸せにはなれない。

ゴーダイは急いでゲートの中へ! ゲートが閉じるか閉じないかの刹那《せつな》、ダントンがモノリスに体当たりした。ぐわあああーん！　ともの すごい音がしてモノリスが揺らぎ、地響きを立てて横倒しになった。

ゴーダイたちはゲートに吸い込まれて消えていた。

「うわあああああ！」

ダントンは悲痛な叫びを上げた。ゴーダイが自分でモノリスを起動してゲートに飛び込んだと思ったのだ。

「これじゃ自殺じゃないか……」

ダントンは倒れているモノリスに拳を叩きつけた。

街はアドニスたちが完全に制圧していた。アランが兵士たちと共にダントンの残党を探して見回っている。

「ようやく戦争も終わりですね、アラン様……」

「いや、まだダントンがいる」

兵士をたしなめるアランの前に、そのダントンが現れた。

「ダントン!?」

身構えるアランにダントンが静かに言う。

「私をアドニスの所へ連れていきなさい」

アランの前に現れる直前、ダントンは秘密の研究室にいた。クロエの体の状態を見てやっているダントン。リアクターは無事だが、体は闘いでボロボロになっている。

「残ったのはお前だけだ」

「父さん、私はずっといっしょだよ」

「ありがとう、わが娘よ」

ダントンは優しくクロエの髪をなでた。

「お前には休息が必要だ」

「まだ闘えるわ」

「ああ、だがその体を治すのが先だ。いいね」

「うん、父さんがそう言うなら……」

ダントンはクロエをカプセルの中で眠らせた。

感慨深げに研究室を見回すダントン。並んだ培養カプセルの中には、何体もの培養途中の青年のリヨンと少女のミオンがいる。

「……必ず戻ってくるからな」

ダントンは研究室を誰にも見つからないように封印した。

後にジャイロたちがダントンの研究室を見つけて破壊するが、それはダントンがこの秘密の研究室を守るために創ったダミーだった。アデルはそれがダミーだと知っていたが、アドニスには黙っていた。そのため、ここは発見されずにすんだのだ。

　ダントンがアランたち兵士に連行されて『祈りの間』にやってくる。手には厳重な鎖が巻き付けられている。アドニス、イーディス、アリア、アデルが待っていた。

「ダントン、なぜもっと早く降伏しなかったのだ」

「………」

　アドニスが問うが、ダントンはうつむいたまま答えなかった。

「お前のせいで大勢の血が流れたのだぞ」

　アドニスの言葉にダントンが呟く。

「私はこの世界のためにと考え、人々のためだと思って力を尽くしてきた。闘うつもりもなかった。私の考えが正しいと、アドニス、お前に知らしめたかっただけだ。そうすれば人々は幸せになる……そのはずだったのに……仲間を、家族を、すべてを失ってしまった……」

　アドニスはダントンの言葉を聞きながら思う。

　──想いは私と同じなのにどこで間違った、どうして闘うことになった……心は同じはずなのに……

ダントンがゆっくりと顔を上げ、アドニスを見据える。

「すべてはお前の無理解のせいだ、アドニス！　いつから人の心がわからなくなったんだ！」

アドニスはその言葉を聞いてハッと気づく。

——そうか、すべては心があるからだ。理解し得ない。心があるから人は迷い、争う。心こそがすべての原因か……

自分たちのせいで大勢の命が失われたのだ。

「私たちは愚かだな」

アドニスは哀れむような目でダントンを見た。

「愚かなのはお前だ！」

ダントンは腕の鎖を引きちぎった。

「私は降伏などしていない！」

構える兵士たち！　アドニスが兵士たちを制する。

「無駄なことはよせ。お前に勝ち目はない」

「ククク……」

不気味に笑いながらアドニスに近づくダントン。

「よせ！」

思わずイーディスがリアクターバスターをダントンに向かって撃つ。命中したがダントンは平気そうだ。

「そんなものが私に効くと思っているのか、イーディス」

ダントンがリアクターバスターを取り上げてグニャリと曲げた。

「ひいいいー！」

「なんだその格好は？」

腰を抜かしてしまったイーディスを見て、ダントンが笑い出す。アランがさっと近づき、

「ひざまずけ！」

と、ダントンの脚を払い、膝を床につかせる。

「ふふふ……まだわからないようだな」

ゆっくりと立ち上がったダントンは、両手を高く上げた。

「うおおおおおおおー！」

叫びと共にダントンの体がムクムクと変化していき、筋肉のアーマーを装着したような究極の姿をしたエヴォリュードに変身する。

「ば、化け物め！」

アランが剣の攻撃を仕掛けるが、エヴォリュードは片手でアランごと撥ねのける。吹っ

飛んで天井にぶつかり、ズドンと床に落ちるアラン。

「アラン！」

悲痛な声を上げてアリアが駆け寄った。

「アラン！」

アドニスも駆け寄ろうとするが、それをアデルが止める。

「父上、逃げて下さい！」

だがエヴォリユードが天井と壁を破壊して入り口をその瓦礫《がれき》で塞いでしまう。

「逃がさんぞ！」

「取り押さえろ！」

アデルの命で兵士たちが一斉にエヴォリユードに飛びかかった。が、次の瞬間、連続した蹴りで次々に飛ばされ、眼魂となり割れて消え去った。

「お前たちが束になってかかってきても私にはかなわない！　私は不死身だ！」

エヴォリユードが吠えた。アドニスがゆっくりとエヴォリユードに近づく。

「私を殺したいなら殺せ」

「……殺したいのはお前ではない」

エヴォリユードはアドニスを払いのけた。とっさにアデルがアドニスを受け止めて事なきを得る。

エヴォリュードが空《くう》を見つめて叫ぶ。

「出てこい、グレートアイ！　元凶はお前だ！」

アドニスたちを指差すエヴォリュード。

「出てこなければこいつらを葬り去るぞ！」

「なんということを！」

あまりの暴言に愕然とするアドニス。

――お許し下さい……

アドニスは祈りのために手を合わせた。

「祈るがいい、祈るのは得意だろう？」

エヴォリュードは楽しげに笑うと歌い出した。

『笑顔で作った　たまごはあともう一歩
涙と怒りじゃ　たまごはすぐ割れる
血を注いで　生命削って　できた
愛しい　命のたまごは　ぺっしゃんこ
温めすぎて　ぺっしゃんこ』

私は彼の前に現れた。
私を見て挑みかかってきたが、それは意味のないこと。
私はダントンをエヴォリュードから元の姿に戻し、眼魂状のカプセルに閉じ込めた。
そして宇宙空間へと追放した。
こうして『ガンマ百年戦争』は終結した。

アドニスはモノリスの前で祈りを捧げた。
「マシーデ　イーソナ　オブナー　ウィートン
イリーデ　イビーエ　イーグモ
ナリュウム　アイヘイム　コターナ　カームン
ウベーガ　ウェーディン　イグリー　マーゾ」
来る日も来る日も、何年も何年も……。凶王に殺された人々、赤死病で亡くなった人々、そしてガンマ百年戦争で犠牲になった人々のために。
と、ある日、突然理解する。意味がわからなかった祈りの詞の意味が思考に流れ込んできたのだ。
「マシーデ　イーソナ　オブナー　ウィートン

夜を照らすは憎悪の剣閃、日を遮るは絶望の弾雨
イリーデ　イビーエ　イーグモ
慟哭の槍は心を穿《うが》ち、遁世の鎚《つち》が体を砕く
ナリュウム　アイヘイム　コターナ　カームン
されど数多《あまた》の記憶もいずれは風化し、身は灰となり地に還る
ウベーガ　ウェーディン　イグリー　マーゾ
願わくは輪廻の呪縛を自ら断ちて、父子の虚空にすべてを満たさん」

それから幾日かが経ったある日、アドニスがイーディスを呼び出していた。アドニスは新たな理想の世界を創るつもりだった。

「妻も息子も失いました。今度こそ私は理想の世界を創ります。完璧な世界を！」

それは以前と同じ人が死なない世界だったが、前とは少し違っていた。戦争を経験し、涙も涸れてしまったアドニスはある思いに至っていた。

「心があるから悩むのです。感情があるから争うのです。正しいことは正しい世界、そこには感情も心も必要ありません」

それは、カプセルで眠る人々の心をシステムでコントロールして管理し、仮想の世界で生活させるという考えだった。ほとんどのガンマの人々は眠ったままその理想の仮想世界

で生きることになる。

——これで皆が幸せになれる……

アドニスは二度と誰かが悲しむ世界にしたくなかった。イーディスはしばらく黙っていたが、

「本気のようですね」

と、確かめるように聞いた。アドニスはうなずいた。

「残された子供たちの未来のために」

かつて、肉体を捨て、感情や心を捨て、個であることすら捨て去った私にとって、それは至極真っ当な考えだった。

アドニスたちの一族は私と同じ道を進んでいる。

私は願いを叶えてやった。

こうして新しいガンマのシステムが稼働し、アドニスはこの世界の大帝となった。街には人がほとんどいなくなった。皆は『眠りの間』のカプセルの中、眠ったまま理想の仮想世界で幸せに暮らしているのだ。

「もう一つ頼みがある」

アドニスがイーディスに依頼したことがあった。

「私以外の人間がグレートアイと繋がれないようにして欲しいのだ」

「今でもそれができるのはアドニス様だけですが？」

「もしダントンのような者がグレートアイと繋がれば恐ろしいことになる、そうならないようにすべての手を打っておきたい」

——確かにそのとおりだ……

イーディスは快く引き受けた。そしてグレートアイを守る障壁を創り始めた。ネットワークにおけるファイヤーウォールのような存在、ガンマ世界の守り神……

だがそれを創り出すのは簡単なことではなかった。完成までに気の遠くなる年月が流れ、そしてついにそれは完成した。

「ガンマイザーと名付けました」

イーディスの報告を受け、アドニスはさっそくそれを発動した。十五枚のプレートのガンマイザーが『祈りの間』に現れた。

——これでもう何も恐れることはない、人が死なない、争いもない、完璧な世界ができあがった……

もはや自分の意思で行動するアバターは、この世界の統治者であるアドニス一族とイーディス、ジャイロ、イゴールなど一部の管理権限を持つ者だけとなった。他の民衆はカプセルで肉体を保存され、その意識はネットワーク上で幸せな生活を送っている。

「人間は不完全な生き物、けっして争いが絶えることがない。だから私は創った。怒りも憎しみも悲しみもない、そして誰も死ぬことのない世界を。すべては……完璧なる世界のために！」

アドニスは高らかに宣言した。アリア、アデル、アランがアドニスに続く。

「すべては完璧なる世界のために！」

人影もなく静かなガンマ世界にアドニスたちの声だけが響いていた。

それから数百年、ガンマ世界のシステムは完璧に稼働していた。

そんなある日、『眠りの間』の片隅にあるカプセルで異変が起こる。その中には、若い男が仮想世界の幸せな家庭で暮らしながら眠っていた。と、突然その姿が崩れ始める。

そしてついには黒い霧となって消えてしまった……

第二章 大天空寺の宿命

一九七四年、東京近郊にある古刹《こさつ》、その名は『大天空寺《だいてんくうじ》』。

参道の石段を登った小高い場所に本堂が建っている。その本堂の横にある母屋から地下へ向かう階段を降りてゆく二人の若者がいた。まだ十八歳の若い大学生の天空寺《てんくうじ》龍《りゅう》と、同じ大学で物理学を学ぶ二十一歳の五十嵐健次郎《いがらしけんじろう》だ。

暗い階段を降りてゆくと、そこには一部屋分の薄暗い空間があり、その中心に目の紋章が描かれた巨大な石柱が立っていた。

「なんだ、これは……」

五十嵐は見たこともないその物体の正体を測りかねていた。振り返ると、龍がまっすぐに五十嵐を見つめている。

「俺たちはモノリスと呼んでいる」

それは、かつてアドニスたちがガンマの世界へと旅立ったときに通過したモノリスだった。地球に残ったリューライがモノリスを埋めて凶王から隠したのだ。そして、その子孫がそれを掘り起こし、そこに大天空寺を建立した。大天空寺はこのモノリスを守るためにつくられたのだ。

龍の一族は代々モノリスを秘密裏に守り、今、それを受け継いでいるのが龍だった。

龍が外部には秘密のモノリスを五十嵐に見せる気になったのには理由があった。

「五十嵐さん、あなたはすごい頭脳を持ってる。だからこのモノリスの解析に協力して欲しいんだ」

「解析って……龍、これはいったい何なんだ?」

「ワームホールのような物だと考えてる」

「こいつで場所を、時空を超えられるというのか⁉」

五十嵐があきれたといわんばかりの声を上げた。

「それはわからない。ただ、かつてこいつが何かに反応したことが二度ほどある。最初は何十年も前、俺の父親が居合わせた」

龍の父親、つまりタケルの祖父が見たモノリスの反応……それはアランがアドニスの命を受けて、ガンマ世界から初めて人間界を視察に来たときのことだった。そこでアランは幼い頃の福嶋《ふくしま》フミ、通称フミ婆《ばあ》と出会うことになる。そのアランが開いたゲートにモノリスが共鳴したのだが、もちろん龍の父親には何が起こっているのかわからなかった。

「本当か⁉」

五十嵐は興味深げに身を乗り出してきた。

「お前も見たのか？」

「ああ、俺も子供の頃に一度見たよ。紋章が光ってモノリスが起動したんだ」

再度アランがガンマ世界から地球にやってきたときに、またモノリスが共鳴したのだ。アランはその訪問で二十歳になったフミと再会している……

「それでどうなった？」

「ここでは何も起こらなかった」

「ここでは？」

「ああ、でも二度とも世間では気になる事件が起こっていたんだ。なんというか、怪奇現象、不可思議現象とでも言えばいいのかな。誰も触っていないのに銅像が破壊されたり、エンジンもかかっていないのにトラックが移動したり、人が宙に浮いたり……。見えない力が事件を引き起こして、それが噂になっていた」

「モノリスと関係していると思うのか？」

「二度ともモノリスが反応して不可思議現象が起こっている。俺の父さんは、何かよからぬことが起こる前兆じゃないかと。それで、モノリスの研究を始めたんだ」

「不可思議現象の謎を解くためには、モノリスを解明する必要があるってことか」

「ああ」

龍は真剣だった。だが、龍がモノリスのことを本気で話しているとわかっていても、五十嵐はまだどこか信じられずにいた。

「でも、その不可思議現象にモノリスが関係あるとしても、どうしてこれがどこかに繋がると思うんだ？」

龍がまっすぐに五十嵐を見て話す。

「うちの一族には、モノリスが救済の道を示すという伝承がある。それがどこか別の場所への道じゃないかって。きっと移動装置なんだと思う」

五十嵐の目が輝いた。

「本当ならものすごい物だぞ」

「だから守らなきゃいけないんだ。これを守る力を身につけるために俺は子供の頃から父親に厳しい修行をさせられた……」

「力って……前に言ってた英雄の魂を召喚するってやつか？」

「英雄の力を借りて敵と戦えば百人力だから」

「……本当にできるのか？」

「できる。先祖は皆、その力を身につけてきた。俺はまだ不完全だけど、いずれ必ず完璧にできるようになってみせる」

五十嵐と龍の出会いは突然だった。

「五十嵐さんですよね？」

ある日、大学の研究室から出てきた五十嵐に、面識のない龍が突然話しかけてきたのだ。五十嵐は真剣でまっすぐな龍のことがすぐに気に入り、親しくつきあうようになったが、龍には不思議な一面があった。

最初、英雄の力を召喚するという話を聞いたときも五十嵐は一笑に付した。だが、龍は目の前で宮本武蔵の刀の鍔《つば》を見せると、「まだ完璧にはできないけど」とやってみせたのだ。そのとき、五十嵐は説明のつかない不思議な力で鍔が輝くのを見た。

——信じられない……でも、これは……

五十嵐は龍が本気で修行していると信じざるを得なかった。特に父親が亡くなってからの龍は必死だった。大天空寺を継ぎ、修行と大学での勉学に明け暮れる毎日を送っていた。

五十嵐は俄然興味を惹かれたようだった。

「これは移動装置ってことか……」

「ここを研究室に改造して、本格的に調べようと思っている。だから五十嵐さんにも手伝ってもらいたいんだ」

「ああ、喜んで協力しよう」

五十嵐は力強くうなずいた。

アドニスが二度もアランを地球に派遣したのは、郷愁の念ゆえだった。

――私は完璧な世界を創り上げた。私たち一家を慕ってくれる民は眼魂《アイコン》となり、仮想現実の世界で幸せに生きて死ぬことはない。アデル、アリア、アラン、三人の子供たちはガンマのリーダーの一員として、ガンマ世界を管理する重要な役割を果たしている。そして父であり大帝である自分を尊敬してくれている。こんなに幸せなことはない。

そう思っていたアドニスだが、平和が訪れ、幸せな日々が続くうちに、過去のことを思い起こすことが増えていた。それは地球のこと。自分たちがガンマにやってこなければ暮らしていたであろうかつての故郷。

貧しくはあったが、凶王が現れるまでは本当に幸せだった。子供たちが笑って走り回り、大人たちにも笑顔が溢れていた。人と人との交わりが暖かくて濃かったあの頃……。

そんなある日、イーディスが眼魂ならモノリスを使わずに独自のゲートで地球にゆくことができると報告にやってきたのだ。それを聞いたアドニスは、地球の様子が知りたくなる。

――今、どうなっているのだろう……

そこで、ガンマ世界生まれで向こうの世界を知らない純粋なアランを地球に派遣することにしたのだ。

五十嵐と龍がいっしょにモノリスの研究を始めて二十年近くの年月が流れた。

龍は修行を完遂し、ついに英雄を召喚するという不思議な力を身につけていた。

モノリスのある空間も立派な地下研究室となっていた。母屋から地下へ階段を降りると研究室の入り口がある。さらにそこから短い階段でモノリスのある床面に降りてゆく構造だ。部屋の中には中二階の部分があり、そこに机や資料が置かれ、龍たちが作業する場所となっていた。

五十嵐は物理学者となり、今もその地下の研究室で龍と共にモノリスを研究している。そして、そこにはもう一人の協力者がいた。

「天空寺君、五十嵐君、これを見てくれ。新しい方法でやってみたんだ」

考古学者の西園寺主税《さいおんじちから》が、モノリスを形成している物質の解析結果を二人の前に広げた。龍と五十嵐がそれを興味深げにのぞき込む……

西園寺がこの研究に加わったのは四年前だった。

ある日、黒ずくめの服装の男が大天空寺を訪ねてきた。それが西園寺だった。西園寺は、世界各地で発見されたオーパーツと呼ばれる当時の科学技術では説明不可能な遺跡や出土品の研究の権威だった。

「私は神秘のパワーを持つという伝説の石柱を探しているのです」

西園寺はそう話をきりだした。

「…………」

龍は警戒しながら、西園寺の様子をうかがっている。

「それで、ご用はなんでしょうか」

「ここには不思議な石柱がありますよね？」

――なぜこの男はモノリスのことを知っているんだ⁉

龍は西園寺の真意を探るべくじっと目を見つめた。すると西園寺が身を乗り出して話し始めた。

「この土地の伝承を調べているときに、この寺で不思議な石柱を見たという建築業者に会ったんです。私はそれこそが神秘のパワーを持つ伝説の石柱ではないかと思うのです！」

「……なぜそう思うんですか？」

「この地方に伝わる伝承です」

「言い伝え？」

「はい。この地方には、はるか昔に住んでいた人々が突如としていなくなったという言い伝えがありますよね」

「ええ、まあ……」

「昔話の中には、神隠しや、不思議な世界に行った話がたくさんあります。あれは異世界へ行ったという話です。それは信じられないほど遠い場所かもしれない」

「………」

「浦島太郎の物語、あれも竜宮城という名の異世界へ行ったことを示しています。そして、そこには必ず浦島が乗った亀のような、つまり、移動装置が存在すると私は確信しています」

西園寺は必死で持論を展開し、話を続けた。

「遥か昔、ここにいた人々もどこかへ旅立った。そのときに使ったのがこのお寺にある石柱なのではないでしょうか」

——モノリスが移動装置だと気づいているのか⁉

龍は驚きを隠せなかった。

「世界中探し回っていた石柱がこの日本にあったなんて！　どうか、私に調べさせて下さい、お願いします！」

年下の龍に深々と頭を下げる西園寺。顔を上げた西園寺はじっと龍の返答を待っていた。自分の考えに微塵の疑いも抱いていないようだ。

——なんて一生懸命な目をしているんだ……

龍は心を決めた。

「いいでしょう、お見せしましょう」

そして、西園寺のひたむきな姿勢に心打たれ、モノリス研究の一員に加わって欲しいと自ら申し出たのだ。

研究は一進一退、移動のための装置としてゲートの役割を果たすことはわかってきたが、まだ起動させることはできなかった。新しい分析結果を見ていた龍が五十嵐に聞く。

「この結果から何かわかるか？」

「……いいや、含まれている未知の物質を分析できないという点は今までと同じだ。これがわからないと起動エネルギーに関しての研究が進まない……」

「今の我々の科学力では無理ってことなのか？」

西園寺が悔しそうに呟《つぶや》く。

「いや、諦めるのはまだ早い。なにか方法があるはずだ。私たち三人が力を合わせれば、絶対に解明できる」

龍が力強く二人の肩を抱いた。

「人間には無限の可能性がある」

三人は今まで何度も壁にぶち当たり挫折しかけたが、龍を中心に互いに励まし合ってここまでやってきたのだ。

「皆さん、一息入れて下さい。お昼ご飯ができてますよ」

研究室の入り口、階段の上に立っていたのは龍の妻・天空寺百合《ゆり》だった。

「研究は進みました？」

階段を降りようとする百合。

「おいおい、気をつけてくれ」

あわてて龍が上ってゆき百合を止めた。

「転んだらどうするんだよ」

「大丈夫ですよ、ねえ〜」

そう言うと、百合は妊娠して大きくなっている自分のお腹をさすった。

「そうは言うけど、心配だよ」

普段は自信に溢れたリーダーである龍も、百合の前では夫の顔を見せた。その様子を見ながら五十嵐が笑っている。

「ほほえましいねえ、そう思わないか？」

そう言って西園寺を見たが、西園寺の顔に笑みはない。

「私には研究が子供だ。他の物はなにもいらないね」

ぶっきらぼうに西園寺が答えた。

「どうした？」

「別に……」

――小さな幸せが何だ、研究こそ私に幸せを与えてくれる、このモノリスの研究こそ私の命なのだ……

自分に言い聞かせようとするが、否定すればするほど西園寺の心に暗い影が差す。素晴らしい能力を身につけ、リーダーシップもあり、素敵な奥さんと子供を授かった天空寺龍……西園寺は心のどこかでうらやましかったのだ。それほど龍と百合は仲むつまじい夫婦だった。

龍と百合は大学時代の同級生だった。その頃からつきあっていた二人だが、龍の父親が亡くなって龍が大天空寺を継ぐことになったとき、龍がプロポーズしたのだ。

「……結婚する前に百合にも知っていて欲しいことがある」

龍は一族の使命である守るべきモノリスのことを話し、百合を大天空寺へ迎えた。

二人は子供が欲しかったがなかなか授からなかった。百合はもともと体が弱かったのだが、医者に調べてもらうと、子供ができにくい体であるということがわかった。医者からは子供は諦めろと言われてしまった。

「ごめんなさい」

泣いて謝る百合を龍は優しく抱きしめた。百合を責める気など微塵もなかった。

「百合、お前がいてくれれば俺は幸せだよ」

龍は二人で生きていく決心をしていた。

だが、子供を諦めた二人に幸運が訪れる。百合が妊娠したのだ。龍の喜び様は尋常ではなかった。

「百合、奇跡だ、奇跡が起こった！」

百合の手を取って子供のようにはしゃぐ龍。妊娠がわかった後は、百合の一挙手一投足を気にし、何かにつけて口を出した。

「気をつけろ、段差があるぞ。重い物は持つな、買い物も俺が行く！」

いつもの研究所でのリーダーとしての顔とは全然違う龍がそこにいた。そんな龍を見て百合が笑う。

「生まれる前から親ばか全開ね」

ここ数日、龍はあることをずっと考えていた。

「よし、これしかない……」

何かを決意した龍はそれを告げようと百合のいる部屋に戻った。百合が自分のお腹をなでながら微笑んでいる。

「お母さん、あなたが生まれてくるのが楽しみよ」

龍が戻ってきたのに気づき、笑みを浮かべる百合に龍が告げる。

「なあ、男の子ならタケルという名前はどうだろう？」

「タケル……」

百合が嬉しそうにタケルの名を口にした。と、まるでそれに反応したかのように赤ん坊がお腹を蹴った。

「あ、今、動いたわ。ほら」

「本当か？」

龍がお腹を触ってみる。

「きっと喜んでるのよ、そうでしょ、タケル？」

百合は龍の手に自分の手を重ね、愛おしそうに見つめた。

幸せな時間はあっという間に過ぎ、百合の出産予定日が近づいてきた。

「百合？　百合？」

先ほどから龍が百合を探しているが見当たらない。本堂、居間、研究室、どこにも百合の姿が見えない。

——どこに行ったんだ……

百合はここのところ体の具合があまりよくなく辛そうだった。嫌な予感がして、龍は本堂の横にある墓地へ向かった。

龍が墓地へ走ってくると、天空寺家の墓の前に百合が倒れているではないか！

「百合⁉」

龍が急いで駆け寄り助け起こす。

「大丈夫か⁉」

「平気よ、ちょっとめまいがしただけ」

百合は荒い息で答えた。

「心配したんだぞ」

「ご免なさい、今日はお義父《とう》さんの月命日だったから……」

「そんなことだと思ったよ、無理しちゃだめじゃないか」

龍は静かに百合を立たせると母屋へ向かった。

しかし百合の体の状態は深刻だった。往診に来た医者に促され、龍は百合が寝ている部屋から廊下へ出る。さっきまで笑顔で百合と話していた医者の表情は一変し、深刻な顔をしている。

「このままでは母体が持ちません」

医者が重い口を開いた。

「出産に耐えられません」

「⁉」

「非常に残念だが、奥さんを助けるためには、お子さんは諦めるしかないでしょう」

「そんな……」

「それしか手はないのです」

医者は申し訳なさそうに今後のことをどうするか早急に決める必要があると告げる。龍は愕然としたまま立ち尽くしていた。

龍はすぐに百合が寝る部屋へ戻ることができなかった。足は自然と本堂へ向いた。座禅を組んで目を閉じる龍。

――いったいどうすればいいんだ……

百合を助けるためには子供を、子供を助けるためには百合を……。同じ考えが堂々巡りの迷路のように続くだけで、いくら悩んでも最善の解決策など見つかるはずがなかった。

だが決断しなくてはいけない。龍は心を決めた。その辛さに頬を涙が伝う。

龍が部屋に戻ったのは一時間ほど経ってからだった。龍が座って百合の手をそっと握ると、百合が目を開けて龍を見た。

「遅かったのね」

「なんだ、寝てたんじゃないのか……」

「お医者さん、なんだって？」

「それは……」

龍は言葉に詰まった。その様子を見た百合はすべてを悟った。

「………」

「お前を失うわけにはいかない。残念だが諦めよう……」

龍は必死で涙をこらえ百合の手を取りそう告げた。百合が龍の手を握り返す。

「……私、この子を産むわ」

「え……」

「私、自分が死ぬことになってもこの子を産みます」

「百合、ダメだ……」

龍は医者の言葉を告げた。話を聞いた百合はしばらく黙っていた。沈黙に耐えきれず、龍が口を開く。

「百合……」

「本当はね、病院でも言われてたの。もしかしたらそうなる危険があるって」

「えっ……なんで黙ってたんだ！」

「この子を産みたかったから。タケルを産みたかったから……。だから覚悟はできてる」

「……お前が死ぬなんて、俺には耐えられない」

「あなた……」

百合は優しく龍の手を握った。

「私の思いは死なないわ」

「え？……」

どういうことかと百合の顔をじっと見つめる龍。百合はその目をまっすぐに見つめ返した。

「あなたは自分の生きるべき道を見つけてる。その道を信じて進んで欲しい。そして精いっぱい命を燃やし尽くすその姿をタケルに見せてやって欲しいの」

「命を燃やし尽くす……まるで英雄だ」

「そうよ」

百合は嬉しそうに微笑んでうなずいた。

——俺がタケルのヒーローになる……

龍はこれから自分が何をするべきなのか悟った気がした。

百合が龍を抱きしめる。

「たとえ私が死んでも、私の思いはあなたに繋がっている。そうでしょ？」

「ああ」

「あなたからタケルにその思いは繋がる。だから私の思いはタケルと繋がっていっしょに生きるの」

体を離し、龍を見つめる百合。

「そうでしょ、あなた」

百合の決意は揺るぎそうになかった。

「………」

龍は黙ってうなずいた。

「それに、まだ死ぬとは決まってないし。もしかしたら、これも笑い話になるかもよ？」

そう言うと百合は屈託なく笑った。

「おぎゃーおぎゃー」

難産だったが、タケルは元気な産声を上げ無事に生まれてきた。ひたすら百合を励まし続けていた龍。

「よくやった！　元気な男の子だぞ！　タケルだ、百合！」

涙でくしゃくしゃの龍の顔を見てニッコリと笑う百合。百合もなんとか持ちこたえていた。

しかし、その限界が来ようとしていた。

母屋で赤ん坊のタケルを横に百合が布団で寝ている。龍が傍らに座り、黙ってその様子を見ている。百合の苦しげな様子が痛々しく、最期の時が近いと気づいている龍。止めようとしても涙があふれ出てしまう。

何もわからないタケルは母親のほうを見て天使のような笑顔を浮かべる。百合がタケルのほうへ手を伸ばす。龍がタケルを百合に抱かせてやる。

百合が頬をすり寄せると、タケルが幸せそうに手足をバタバタさせた。

「あったかい……」

タケルのドクンドクンという心臓の鼓動が百合に直に伝わる。

「この子はあなたと私が出会った証……」

「そうとも、タケルは奇跡の子だ。お前が授けてくれた俺たちの息子だ」

「この子には無限の可能性がある……タケルをお願いね、あなた」

「しっかりするんだ、百合！」

「あなた、悲しまないで。私はとっても幸せよ。だって、タケルに私の命が繋がってゆくんですもの」

「そうだとも。お前の思いも未来へ繋がってゆくんだ」

「私、この子から一生分の幸せをもらったわ」

「百合……」

龍はもう何も言えなかった。

百合は聖母のような慈愛に満ちた微笑みをたたえ、愛おしそうにタケルを抱きしめる。

「……タケル、生まれてきてくれてありがとう」

幸せに満ちたその笑顔……

その目がゆっくりと閉じ、ついに百合は息をひきとった。

「百合……」

龍は拳を握りしめ、自分の無力さを悔やんだ。

——百合の思いは私が……

龍は涙をぬぐうとタケルを抱き上げた。何も知らないタケルは無邪気な笑みを父親に向けている。タケルの力強い鼓動を直に感じて、龍は百合の思いを改めて実感する。

——命を繋ぐ奇跡、思いを繋ぐ人の可能性……。タケル、俺は人間を、お前を信じる。

けっして諦めはしない……

「私がお母さんの思いをお前に繋ぐ!」

タケルは二歳になっていた。目を離すとすぐにどこかに行こうとする元気な赤ちゃんだ。龍は子育てに手を焼いていたが、息子がすくすくと育ってゆくのを嬉しく思っていた。

一方、龍は五十嵐と西園寺と共にモノリスの研究にもますます熱心に取り組んでいた。モノリスがゲートであることは間違いなかった。しかし、相変わらず起動することができない。

その日、龍は一人で地下の研究室で先祖が残した資料を読んでいた。資料を置いてモノリスの前に立つ龍。

——俺の先祖はここからいったいどこへ向かったんだ……今、どこで何をしている……

龍が思いをはせていると、突如モノリスからグオーッという鈍い地響きのような音がする。

——この音は⁉

見ると、モノリスの目の紋章が輝き始めたではないか！

——起動したのか⁉　なぜだ⁉

すると目の紋章部分が穴が開いたように黒くなった。それはまるで小さなブラックホールのようでもあった。そのブラックホールに吸い込まれるように龍が近づくと、モノリスから何かが飛び出してきた。

「！」

よく見ると、それは四十代くらいの男と、四歳くらいの小さな男の子、そしてまだ赤ん坊の女の子の三人。ガンマ世界から逃げてきたゴーダイ、リヨン、ミオンだった。だが龍にはどこから来た何者なのか見当もつかない。

ゴーダイは泣いているミオンを抱いたまま苦しげな様子で床に膝をついた。リヨンはおびえた様子でゴーダイにしがみついている。振り返ると、リアクターを触ってみるが、ゲートを通り抜ける間に完全に破損してしまっている。ダントンは追ってくることができなかったかのようにモノリスが立っている。すでにゲートは閉じ何事もなかったようだ。

「……助かった」

思わずよろけるゴーダイ。

龍は警戒しながら三人の様子をうかがっている。

──この三人はいったいどこから来たんだ、何者なんだ⁉

と、苦しげなゴーダイが聞く。

「ここは地球か？」

「そうだが、お前、大丈夫か⁉」

思わずゴーダイの身を案じる龍。

「この子たちを……頼む」

そう言うとゴーダイは気絶して倒れてしまう。

実はゴーダイたちがガンマ世界のモノリスをくぐってからすでに数百年が経っていた。生身の体でモノリスのゲートをくぐったが、リアクターのおかげで消滅はしなかったものの、時間を飛び越えてしまったのだ。

だがゴーダイはまだそのことに気づいていない。

龍はゴーダイを背負い、泣いているミオンを抱えリヨンと母屋に上がってくる。

母屋では、三十代半ばの女性、深海奈緒子《ふかみなおこ》がタケルの相手をして遊んでいた。龍がタケルの面倒を見るために頼んで通ってもらっている女性だった。奈緒子は奈緒子はタケルの母親、百合の従姉妹だった。

「とうたん！」

龍を見つけたタケルが嬉しそうに声を上げた。龍たちに気づいた奈緒子は驚きの表情を浮かべる。

「どうしたんです⁉」

急いで龍の所へ来てミオンを受け取る奈緒子。

奈緒子が部屋に布団を敷き、龍がゴーダイをそこに寝かせた。

リヨンは心配そうにゴーダイを見つめていたが、隣に布団を敷いてやるとそのうちスヤスヤと寝息を立て始めた。ミオンも泣きやんで眠っている。

奈緒子は二人の寝顔を見て微笑む。

「かわいらしい寝顔……」

奈緒子は、寝ているゴーダイを見る。

「この人のお子さんですか？」

「ああ……ちょっとわけありでね……。研究室で倒れてしまったんだ」

「私が看病しますよ」

「奈緒子さんにそこまでは頼めないよ」

「いいんですよ。この子たちの面倒も見なきゃでしょ？」

奈緒子が任せて下さいとうなずいた。龍は心配しながらも任せることにする。子供を連れたゴーダイが害を及ぼすような存在には思えなかったのだ。

ゴーダイが顔に冷たさを感じて意識を取り戻すと、知らない女が自分の額をタオルで拭いてくれていた。奈緒子だ。思わずその手を払うゴーダイ。

「よかった……やっと気づいてくれた」

「………」

ゴーダイはハッと周りを見回した。

――リヨンとミオンがいない！

立ち上がろうとするがすぐに倒れてしまう。

「ダメですよ、無理しちゃ」

「子供たちはどこだ⁉」

そう聞こうとしたとき、廊下から無邪気な笑い声が聞こえてくる。

――リヨンか？　リヨンが笑っている⁉

と、襖《ふすま》を開けてタケルとリヨンが顔を出す。

「起きたよ！」

タケルが嬉しそうに後ろにいるリヨンに告げる。ゴーダイの元へ駆け寄るリヨン。

「妹は？」

ゴーダイに聞かれ、リヨンが隅に置いてあるベビーベッドを指差す。ミオンはそこでスヤスヤ眠っていた。ホッとした表情を浮かべるゴーダイ。

「あなたのお子さん？」

奈緒子に聞かれてうなずくゴーダイ。

「お名前は？」

どう答えるべきか躊躇するゴーダイ。

「………」

質問に答えない男を奈緒子は不思議そうに見ている。

そこへ龍がやってくる。

「奈緒子さん、すまないがちょっとはずしてもらえるかな」

「わかりました。じゃあタケル君たち、向こうで遊ぼうね！」

奈緒子はタケルとリヨンを連れて部屋を出ていった。

龍がゴーダイの横に座る。

「まだ名前を聞いてなかったな」

龍が静かに聞いた。

「ゴーダイ」

「私は天空寺龍。この大天空寺の住職だ。ゴーダイ、子供たちはあんたの子か？」

「……そうだ。リヨンとミオンだ」

ゴーダイは二人がデザイナーベイビーだという事実を隠した。龍をまだ警戒していたのだ。

――この子たちの秘密を知られてはいけない……二人はこれから地球で暮らさなくてはいけないのだ。

龍は質問を続けた。

「どこから来たんだ？」

「……遠い別の世界だ」

「その世界のことを教えてくれないか」

「……今は話したくない」

目を伏せるゴーダイを見て、言いたくないほどの辛いことがあったのだと察した龍は、話題を変えることにする。

「俺たちはモノリスを研究している。あれはどうやって動かすんだ？」

「わからない。追われてモノリスまで逃げてきたらゲートが開いたから飛び込んだだけだ」

「追われて？」

ゴーダイは答えなかったが、モノリスについて嘘を言っているとは思えなかった。

「そうか……」

龍は残念そうに呟いた。

「で、これからどうする？　行く当ては……あるわけないか」

「…………」

「だったらしばらくこの寺で暮らせばいい。ここなら私の遠い親戚だと言えば怪しまれることもない」

「もちろんだ。そうなるとゴーダイという名前はちょっと変だな。他の名前にしたほうがいいぞ……」

「なんでもいい……」

「ゴーダイだから……そうだ、大悟《だいご》というのはどうだ？」

「大悟……」

「この子たちはマコトとカノン、どうだ？」

「……いいだろう。それから頼みがある。私たちのことは誰にも言わないで欲しい。モノリスを通ってきたということも、秘密にして欲しい」

「私はここで仲間とモノリスの研究をしている。その仲間にも秘密にしろというのか？」

「時が来るまで……頼む」

ゴーダイはじっと龍を見ている。龍はその目に嘘はないと思った。

「わかった、約束しよう」

「いいのか」

それからしばらくの間、大悟は起き上がることができなかった。ゲートを通った代償は思いの外大きかったのだ。部屋で寝ながら、大悟は龍や奈緒子の様子をうかがった。

息子を愛している龍。厳しくも優しくタケルに接するその姿を見て、子供に対する自分と同じ思いを感じ取る大悟。

「私はタケルに思いを繋ぐ、未来へ繋ぐ」

龍のその言葉に、自分もマコトとカノンを未来へ繋いでやりたいと切に思う。

献身的に世話を焼いてくれる奈緒子。マコトやカノンにも本当の母親のように接してくれている。二人もすっかりなついている。

――この二人は信頼できる……

大悟はそう思っていた。


「龍、話がある」

起きて活動できるようになった大悟は、龍を部屋に呼び出し、自分のことを話した。

「……私はガンマ世界からやってきた」

「ガンマ？」

うなずく大悟。

「私がモノリスを通って地球に来る前にいた世界、それがガンマだ」

「ガンマ……」

龍は再度その名前を繰り返した。大悟からガンマ世界の話を聞かされ、龍は衝撃を受ける。

――モノリスで遠い世界に旅立った人々がガンマということなのか……

この地の伝承は本当だったのだ。龍の一族はモノリスを守る役目を任された人たちだったのか、それとも旅立つのを見てモノリスを祀り始めた人々なのか……。いずれにせよ、ガンマも人間なのだ。

死を克服したその歴史も驚愕だった。病を発症させる赤い空、そしてそれを克服するための技術革新の対立から起こった百年戦争……

――肉体を眠らせ、眼魂で暮らす世界……

それがいったいどんなものか、龍には想像すらつかなかった。

「私はダントンに協力して肉体を改造する研究をしていたんだ。でも、我々は闘いに負けてしまった。大帝の軍に捕まれば私たちはおしまいだ。命はないだろう。だから私はマコトとカノンを連れて逃げた……」

「そうだったのか……」

「今まで黙っていてすまない」

「いいんだ。話してくれてありがとう」

龍は大悟の肩に手をやり、感謝の気持ちを伝えた。しかし、大悟は肝心なことを言っていなかった。彼はアドニスたちから逃げたのではない、ダントンから逃げたのだ。

――許してくれ、マコトとカノンのため、マコトとカノンが創られた子供であることは話せない……

マコトとカノンのため、大悟はそう思っていた。

「私はあの子たちのためなら命をかける。私が二人を守らなくてはいけないんだ」

黙って大悟の話を聞いていた龍は静かに答える。

「わかった、秘密は守る」

「すまん」

「大悟、俺たちに力を貸してくれないか。皆には私の遠い親戚ということにする。向こうのことがわかっている人間がいれば助かる」

「……わかった。力を貸そう」

龍と大悟は固く握手した。


そのとき、廊下から声がする……奈緒子だ。

「ご飯できてますよ、どうぞ」

テーブルの上に並んでいるカレーライスを物珍しげに見ているマコト。

「これなに？」

タケルにご飯を食べさせていた奈緒子が笑顔で振り向く。

「カレーライスよ、どうぞ召し上がれ」

恐る恐るスプーンを皿に伸ばして一口食べるマコト、表情が一瞬で明るくなる。

「美味しい！」

「でしょ?」

奈緒子も嬉しそうだ。その横では大悟がじっと殻をむいたゆで卵を見ている。

「これは……」

今度は龍が怪訝そうに答える。

「ゆで卵だが……」

何が言いたいのかわからないと、龍は自分のカレーにのったゆで卵をぱくりと食べた。

それを見た大悟が驚きの声を上げる。

「神聖な丸い物を食べてしまうのか⁉」

「はあ?」

奈緒子が思わず笑ってしまう。

「アハハ、大悟さんておかしなことを言うのね」

「あ、いや……」

――そうか、地球では丸い物を神聖だと思わないということか……

ガンマの世界とはやはり色々と違うのだと納得する大悟。

「変だったかな、ハハハ」

「よかった、やっと笑ってくれた」

「え?」

「だってずっと難しい顔をしてるんですもの」

と、タケルがご飯を盛大にこぼす。

「あっ、タケル君、ダメでしょ」

奈緒子は慌ててこぼれたご飯を拾い始めた。それを見ながら、大悟は心地よさを感じている自分に気が付いた。

――こんな世界もあるのか……


「あと一年の命？」

その話を龍から聞いたのは地球に来てから数ヵ月経った頃だった。いつも明るい奈緒子だが、実は不治の病に冒されており、余命一年と宣告されているというのだ。

最期の時まで普通に楽しく暮らしたいと、自らタケルの世話を買って出た奈緒子。

「自分にはもう赤ちゃんを産む時間もないし……」

奈緒子はそう言って寂しそうに笑っていたという。

――そんな残酷な……

大悟は自分の知識で病を治すことができないかと必死で方法を探ったが無理だった。その様子を見ていた龍が大悟に提案をする。

「奈緒子さんの病気を治すことはできなくても、彼女を幸せにすることはできる。どうだ、マコトとカノンのためにもいっしょに暮らしてみては」

「私と奈緒子さんが……」

最初は躊躇した大悟だが、自分の心に嘘はつけなかった。

――子供たちがなついているし、彼女がそれで幸せになれるなら……いや、本当は自分が一番そうしたいと思っている……

大悟は龍に奈緒子とのことを頼んだ。奈緒子は最初驚いたようだった。

「本当に私でいいの？」

奈緒子は何度も断ろうとしたが、大悟が本心から自分を受け入れてくれているとわかり、ついに心が決まった。

――残りの人生をこの人と子供たちといっしょに暮らしたい……

奈緒子もまた、大悟に好意を寄せていたのだ。

大悟がまだ寝込んでいたとき、奈緒子がマコトに母親のことを聞いたことがあった。

「ねえ、マコト君。お母さんは？」

「お母さんって何？」

その答えに驚いた奈緒子。

――この子たちは母親を知らない、母親という存在を知らないんだ……

奈緒子は思わずマコトを抱きしめた。

——できることなら自分がなってあげたい！

奈緒子はそのときそう思った。


大悟が地球にやってきてから半年後、二人は結婚し、大悟は奈緒子の姓である深海を名乗り、深海大悟となった。

大悟、奈緒子、マコト、カノンは大天空寺の近くに家を借り、そこで暮らし始めた。


大悟の生活が落ち着いた頃、龍は地下の研究室で五十嵐と西園寺に引き合わせた。

「私の遠い親戚の深海大悟だ。大悟もモノリスや伝承に詳しいんだ」

「よろしく、五十嵐です」

「心強い、よろしくです」

五十嵐と西園寺は何の疑いもなく大悟を受け入れたようだった。まさか自分たちが研究しているモノリスを通過してきた人間だとは思いもよらないだろう。

——二人に嘘をついているのは心苦しいが、これも大悟との約束……

大悟は、これまでにモノリスが二度反応したことがあると聞いて考え込む。

——モノリスを通ったのでないとしても、何か他の方法でやってきているのでは？　もしそうならダントンの追っ手が現れる恐れもある……大悟は独自に調査することを心に決める。それと共に、来るべき時に備える必要があると思う。

――マコトを鍛えなくては……

それから大悟のマコトに対する態度が変わる。何事につけても厳しく指導するようになった。

「強くなれ。どんなことがあってもカノンは兄のお前が守れ。それだけの強さを持て！」

あまりに厳しい態度に、奈緒子はマコトがかわいそうだと言ったが、大悟はやめなかった。

――やってくるのがダントンにしろアドニスにしろ、二人にとっては敵だ。これは必要なことなんだ、許してくれ……

マコトも最初は泣いていたが、そのうち歯を食いしばり、黙って大悟の教えに従うようになっていた。

――マコト、カノンが、奈緒子が暮らすこの世界を守りたい……

大悟はいつしかそう思うようになっていた。

余命一年と言われていた奈緒子だが、大悟たちと少しでも長くいっしょにいたいという思いが彼女を頑張らせ、すでに三年が経っていた。

しかし、ついにそのときがやってきてしまう。

「マコト、カノン……お父さんにもありがとうって……」

奈緒子は、龍とマコトとカノン、タケルに見守られながら息をひきとった。

「お母さん！」

マコトは奈緒子にすがって泣いた。まだ幼くて何が起こったか理解できないカノンも、兄につられて泣いている。

「なんで、なんで父さんはいないんだ！」

泣きながら大悟のことを責めるマコト。龍がそれをたしなめる。

「違うぞマコト。お父さんはお前たちのために、お母さんのために働いているんだ。今日ここにいられなかったからと言って、お前たちやお母さんのことを思っていないなんてことは絶対にない！　いいな」

「でも、でも……」

それでもマコトは納得できないでいた。

龍が病室を出ると、そこに大悟がいた。一人佇《たたず》み涙している大悟。必死で駆けつけたのだが、間に合わなかったのだ。龍は優しく大悟の肩を抱く。

手続きが終わり、病院の庭で龍が大悟と話している。

「龍、聞いて欲しいことがある……」

大悟はマコトとカノンの秘密を打ち明けるつもりだった。龍になら話しても大丈夫だと思っていた。自分に何があるかわからない。もしもの時のためにも二人のために龍のような理解者が必要だと思っていたのだ。

「あの子たちは本当の俺の子ではない……彼らは創られた子供たちなんだ」

大悟はマコトとカノンがデザイナーベイビーであると打ち明ける。ダントンが創り出した子供たち……

「俺は自分の子供だと思っている！　二人にはこの世界で幸せになって欲しい。だから俺はあの子たちのために命をかける！　奈緒子のためにも……」

大悟は涙をこらえようとしなかった。

「俺はガンマが独自に地球へのゲートを開いているんじゃないかと調べていたんだ。どうやら悪い予感はあたっていたようだ。これから何が起こるかわからない。だからもし俺に何かあったときは……二人を頼む」

「バカなことを言うな」

「真面目に言ってるんだ」

「じゃあ大悟、私に何かあったらタケルを頼む」

龍の目も真剣だった。二人は同時にうなずいた。

数日後、大天空寺で、龍によって質素ではあるが厳かな葬儀がとりおこなわれた。

幼いカノンは母の死を理解できず無邪気に笑っている。七歳になったマコトはその事実を受け入れることができず戸惑っていた。

いつかこの時が来るとわかっていたこととはいえ、それを仕方ないと受け入れることなど大悟にもできなかった。それまでの三年間がとても幸せだったがゆえに……

大悟、奈緒子、マコト、カノンの四人で囲んだ食卓はいつも笑い声が絶えなかった。どこに行くのも家族いっしょだった。悪夢のようなガンマ世界の出来事を忘れることができたのも家族のおかげだ。大悟がマコトに厳しくし始めてからも、奈緒子は子供たちのためにフォローに回ってくれた。おかげで大悟はやりたいことをやれた……

奈緒子が悔いのない人生を送れるようにと思っていたが、本当に救われたのは大悟だったのかもしれない。

――ありがとう、奈緒子……

大悟はマコトとカノンと共に奈緒子の分まで生きていこうと決意する。

マコトは龍の手配で小学校に通っていた。放課後になると大天空寺にやってくるようになったマコト。

——強くなりたい……

強くなれという大悟の教えを実践するため、龍の指導の下、修行を開始したのだ。

本堂の掃除、座禅、剣術の稽古など、いつもは優しい龍が修行のときばかりは別人のように厳しく指導していた。

「全然真剣にやってない、ダメだ、もう一回！」

時には悔し涙を流しながら、マコトは必死でついていく。本堂の前で竹刀《しない》の素振りをしているマコトを見て、タケルが真似をし始める。

「俺もやる！」

だが意気込みとは裏腹にまだ幼くて全然できない。タケルはそれが悔しそうだ。

「負けたと思ってないんだから負けてない！」

タケルは何度でも向かっていった。タケルより一歳年上の月村《つきむら》アカリが、本堂の縁側に腰掛けてつまらなさそうにその様子を見ている。隣に座っているカノンに話しかけるアカリ。

「カノンちゃん、向こうで遊ぼ」

「カノン、お兄ちゃんを見てる」

「え〜〜」

タケル、マコト、アカリ、カノン、四人の幼なじみ……。龍が微笑ましそうに子供たちを見ている。この平穏な日々が続くと思われた。

しかし、このときすでにガンマ世界が地球侵攻のために動き出していたのだ。

大悟が地下の研究室で一人、モノリスを見つめていた。かつては祈りによってグレートアイがゲートを開いてくれた。だが、幾度か試してみたものの、モノリスは反応すらしなかった。自分たちを助けてくれ、幸せな生活まで与えてくれた龍の恩に報いたいと思っている大悟だが……

――もしこのモノリスがガンマ世界と繋がったら……

そう思うと不安だった。ガンマ世界から独自のゲートが開いているらしいということも大悟を不安にさせた。ダントンが宇宙に追放されたことを知らない大悟は、マコトとカノンに固執していたダントンがあのまま諦めるとは思えず、いつか追ってくるのではと思っていたのだ。

そのとき、一瞬、モノリスが光った。

「今のはなんだ⁉」

――まさか、ガンマが地球に……

嫌な予感は的中していた。ガンマ世界から地球への別ゲートが開いたことにモノリスが反応したのだ。

ダントンの追放の他に、大悟が知らないことがもう一つあった。

大悟、マコト、カノンの三人は、ガンマ世界から逃げ出したとき、モノリスのゲートをくぐっている間に何百年も時を飛び越えてしまったのだ。

ガンマ世界ではその間に研究が進み、すでにモノリスを使わずに地球へのゲートを開けることができるようになっていた。だがそれは技術的に未熟で、ごく小さなゲートしか開くことができなかったため、そこを数個の眼魂しか通過できなかった。

本格的な侵攻にはまだまだ時間がかかると思われた。指揮を執っているのはアデルだった。

始まりはアデルのアドニスへの進言だった。

「父上、地球を我々ガンマ世界のような完璧な世界にして、破滅から救ってやりましょう。あのままでは地球は滅びてしまいます」

アデルはアドニスに地球を救済しようと持ちかけたのだ。

「どうか調査とその後の侵攻をお許し下さい」

「地球を……」

それまでにアドニスはアランに命じて二度ほど地球の様子を見にゆかせていた。アランの報告では、地球は美しい世界ではあるが、人々は争っていたり、けっして完璧とはいえない不完全な世界だという。

「あのままでは自滅するだけだと思われます」

アランもそう言っていた。アドニスの脳裏に自分たちが凶王の迫害から逃れたときのことが蘇ってきた。

――かつて我らが暮らした星、地球を完璧な世界にする……

アドニスにはそれがよいことのように思えた。

「よいだろう、許可しよう」

「ありがとうございます。まずは大規模侵攻のための調査を開始いたします」

アデルは深々と頭を下げた。しかしその笑顔には不気味な影が漂っていた。

アデルの本意は別にあった……


イーディスが『眠りの間』の異変に気づいたのは、ガンマイザーを開発し、眼魂と仮想現実による完璧なガンマ世界ができあがってから数百年後のことだった。

「イーディス長官、『眠りの間』の体が消えています！」

眠っているはずのガンマの民の体がいくつかなくなっていると、部下のイゴールが報告してきたのだ。調べてみると、確かに何人かがいない。

——いったいどこに消えたのだ？

イーディスは不可解な出来事に首を捻《ひね》った。

「原因は何だ？」

その問いにイゴールが得意げに答える。

「わが頭脳をもってすれば原因究明などたやすいこと。なれど、これは原因を究明するまでもないことです」

「イゴール、お前にはわかっているのか？」

「消えたのではなくいなくなったのです。目を覚まして逃げ去った裏切り者ですよ」

「馬鹿者！」

「ひっ！」

イーディスに一喝されて、イゴールは思わず情けない声を上げた。

「眠っているガンマの民はシステムで管理されて仮想現実の世界にいる。そうたやすく目を覚ますことができるわけがない」

そのとき、イゴールの目の前のカプセルで異変が起こる。

「長官！　こ、これを！」

イーディスがのぞき込むと、カプセルの中で眠っている老人の体が次第に崩れてゆくではないか！　そしてついには黒い霧となって消えてしまった。

驚愕するイーディス。

「いったい何が起こっているのだ……」

イゴールは興味津々の様子。

「これは興味深い！」

「馬鹿者！」

「ひっ！」

「ガンマの民の体が消えているのだぞ、何を楽しそうにしている！」

「申しわけございません……」

イゴールは内心不服だった。

――こんな興味深い事象なのだ、科学者として楽しんで何が悪い！

そう思っていたが顔には出さなかった。しばらく黙って考えていたイーディスが口を開く。

「すぐに調査にかかる。一刻もはやくこの原因を突き止めるのだ」

「アドニス様にお知らせしなくてはいけませんね」

「ダメだ」

「知らせないおつもりですか!?」

正気なのかとイゴールがイーディスを見た。

――完璧な世界ができたと思っているアドニスをこれ以上苦しめたくない……

これは自分の責任で処理するべきだと思うイーディス。

「知らせても大帝にご心配をかけるだけだ。原因がわかるまで、このことは私とお前、二人だけの秘密だ。いいな」

「……はい」

イゴールは不服そうに頭を下げた。


カプセルから人が消失する原因究明には、イーディスやイゴールの頭脳をもってしても長い年月がかかった。その間にも少しずつ、人々は消えていった。

ようやく突き止めたその原因は眠魂システムに発生したバグだった。

眠魂システムを維持しているのは、眠っている人々から抽出している生体エネルギーだったが、それは命にかかわるほどの量ではなく、生きることによって生み出されるエネルギー分量とのバランスで、永久に維持可能なシステムが構築されていた。しかし、それが微量だが過剰抽出されていたのだ。

そのせいでバランスが崩れ、システムで消費されるエネルギーが生命維持に必要なエネルギーを少しずつ奪ってゆき、ついにはゼロになってしまう。そうなると体が消失してしまうのだ。

しかもバグにより人が減少すると、一人から抽出されるエネルギー量が増え、さらに人が減ってしまう。そのスピードは加速度的に進み、とても完璧なシステムと言えるものではなかった。

「どうしてこんなことに……」

イーディスは頭を抱えていた。

――私の責任だ……グレートアイの力を借りているとはいえ、もとのシステムを作ったのは私なのだ……

原因はわかったが、バグがなぜ、どうして発生するのかは不明だった。

「長官がつくられたシステムに不具合があるというのは、長官としても科学者としても、いかがなものでしょうか」

自分こそが最高の科学者だと自負するイゴールは、常日頃から自分こそが長官にふさわしいと思っている。このミスをきっかけにイーディスを追い落とせるのでは……と考えていたが、権力を握っているイーディスにはそう簡単にあらがえない。たとえ大帝に告げ口をしたとしても、大帝はイーディスに絶大なる信頼をおいているので、自分が重用されるとも思えなかった。

そこで、イゴールは考えた。

――力のある人物を味方にすればいいのだ。

イゴールの頭に思い浮かんだのはアデルだった。長男のアルゴス亡き今、次期大帝はアデルで間違いない。

さっそくイゴールはアデルに取り入った。

「アデル様のお耳にいれておきたい、たいへん重要なお話があるのです」

イゴールは眼魂システムのバグについて説明し、自分がイーディスよりいかに優秀であるかを力説した。だが、アデルは別のことを考えていた。

「そのバグは修正できないんだな?」

「はい、長官には。しかし、私のこの優秀な頭脳をもってすれば必ず」

「…………」

「長官はこのことを大帝には告げないと言っています。これは隠蔽です! 是非、アデル様から大帝にお口添えを」

「いいや、私も長官の考えに賛成だ。父上にこのことを話す必要はない」

アデルの口から出たのは意外な答えだった。

「な、なぜなのです⁉」

「完璧な世界が完成していなかったと父上を悲しませたくはない」

「しかしアデル様!」

「それに父上のことだ、民の命が犠牲になっていると知れば、システム自体をいったん停止するとか言い出しかねない」

——確かに大帝ならやるかもしれない……

イゴールもそう思ったが、今更このまま引き下がるわけにはいかない。

「では、どうするのです？」

食い下がるイゴールに、アデルは毅然と答える。

「私は父上のために、父上が理想とした完璧な世界を創りあげる」

アデルの目はうれしそうに輝いていた。

——父上の理想を自分が成し遂げてみせる。

母親が死んでから後、アデルはアドニスに見捨てられたと思っていた。父親は家族より理想の世界を選んだと。さらに自分を認めてくれようとしたダントンも父親に追放された。地球の様子を探る役目をアランにやらせたのも不服だった。

「アラン、お前なら先入観のない純粋な目で見てこられるだろう。頼んだぞ」

にこやかにアランに指示するアドニスの態度は、自分に対する冷たい雰囲気とは全然違っていると嫉妬すら覚えていた。心のどこかでアデルはアドニスに自分を認めさせたかったのだ。

——どうすれば自分を認めさせることができる？

その答えははっきりとしていた。

――父上のやろうとしていることを自分が一番に成し遂げればいい。

そのチャンスがやってきたと思っていた。

「この完璧な世界を完璧なまま維持すればいいんだ」

アデルの言っていることが何を意味しているのか、イゴールにはわからなかった。

「それは興味深いご意見ですが、いったいどうやって?」

「生体エネルギーを他から調達すればいい。それでガンマの世界は完璧に保たれる」

そう言うと、アデルはニヤリと笑った。

「地球だ。地球の人間たちのエネルギーを使う。そのために地球を我々と同じ完璧な世界にする!」

「おお、それは興味深い! 数々の実験ができそうです!」

「ただし本当の目的は父上には内緒だ。反対されるのが目に見えているからな。あくまでも表向きは地球を救う、これが目的だ、いいな」

「承知いたしました! なんなりとお申し付け下さい」

こうしてアデルの地球侵攻計画が始まったのだ。

一方、イーディスはバグの解決策が見つからず、途方に暮れていた。

——こうなったら方法は一つしかない。グレートアイの力を借りるしかない。グレートアイに頼んで改善してもらおう……

そのためにはクリアすべき問題が一つあった。グレートアイを守る障壁、ネットワークにおけるファイヤーウォールのような存在、ガンマ世界の守り神、十五枚のプレートのガンマイザー。ガンマイザーの働きで、今やグレートアイとコンタクトできるのはアドニスだけだった。それゆえ、ガンマイザーを排除する必要があったのだ。

イーディスはさっそくグレートアイに接触するために、ガンマイザーを排除しようとする。自分が創った物だから簡単なはずだった。

イーディスがガンマイザーに指示を出す。

「ガンマイザー、グレートアイとコンタクトを取る。ガードを解除せよ」

「イーディス長官、指令権限なし。解除拒否」

思いもかけない答えが返ってきてイーディスは驚く。

「何だと、お前を創ったのは私だぞ！　私はいわばお前の父親だぞ」

「指令権限なし、解除拒否」

「ガンマイザーこの野郎！」

いくら怒っても、なんど試みてもガンマイザーは聞き入れようとしなかった。

ユルセンが現れてイーディスをからかう。

「あれ～？　どうしちゃったのかなあ？」

「うるさい、こうなったら正攻法はやめだ！　方法はいくらでもある」

イーディスはガンマイザーのシステムを書き換えようとする。そのためにシステムに侵入しようとするが、ガンマイザーはそれを察知、学習して防いでしまう。どんな手を使ってもガンマイザーの対応のほうが早く、そのたびにガンマイザーはより堅固なシステムとなってゆく。

あきれるユルセン。

「これじゃ強くしてるのと同じじゃん？」

「お前に言われなくてもわかってるわい！」

イーディスはガンマイザーを排除するためのありとあらゆる方法を試すが、結局ガンマイザーを強く進化させただけだった。それどころか、ガンマイザーはイーディスを完璧な世界の秩序を乱すバグと認定する。

「イーディス長官からの接触を完全拒否」

ガンマイザーは独自に学習し変化を遂げ、イーディスですらどうすることもできない物に進化してしまっていた。

――こんなことが起こるとは⁉

愕然とするイーディス。

――だが、まだ手はある。こうなったらアドニスに頼むしかない。

イーディスはシステムの危機の事実を真摯に話すためアドニスの元へ向かった。

アドニスは『祈りの間』にいた。

自分が望んだ理想の世界、完璧な世界に感謝し、グレートアイに無心の祈りを捧げているアドニス。その感情のない表情を見たイーディスは思う。

――やはりシステムのバグのことは言えない……

かつて感情豊かで誰からも慕われていたアドニスは、度重なる深い悲しみと不幸のせいで、すっかり別人のようになってしまっていた。心などいらないと言うアドニスだが、その奥深くにはいまだ昔の心を持ち合わせているとイーディスは思っていた。それゆえ、これ以上命がなくなる悲しみが重なると、アドニスが壊れてしまう気がしたのだ。

祈りを終えたアドニスが微笑みながら近づいてきた。

「今日はどうしたんだね、友よ」

「大帝、一つお願いがあるのです……」

イーディスは平静を装い、ほんの些細なことだと言わんばかりに切り出した。

「グレートアイにコンタクトを取りたいのです。お願いできますか」

アドニスは突然の申し出に怪訝そうな顔をする。

「……なにか問題でも？」

「いえ、そういうことではありません」

「では、なぜ？」

「新しい技術のことで助言をいただきたいのです」

アドニスはじっとイーディスの顔を見つめる。まるでその話の真偽を確かめているようだった。イーディスの心に焦りが押し寄せる。それを見透かしたかのようにアドニスが口を開いた。

「友の願いとはいえ、それは聞き届けることはできない。私以外の人間とは、たとえそれがあなたでも、繋がらせるわけにはいかないのだ」

「そこを押して頼んでいるのです」

「人が死なない、争いもない、この完璧な世界を守る義務が私にはある。そのために、私はこの掟を必ず守ると決めたのだ」

「大帝……」

イーディスはその後も必死で説得しようとした。しかし、本当の目的を隠しての説得にアドニスの心が揺さぶられるはずもなく、イーディスの計画はここでも頓挫した。

——私にはもうどうすることもできない。

すべての原因は自分にあり、解決できない理由も自分にある。

「何でこんなことに……私はもう人が死んでいくのを、ただ見ているしかない！　すべて私の過ちだ……」

イーディスの絶望は底知れず深かった。カプセルから人が消えてゆくのを、なすすべもなく見ている日々……。無念の思い、後悔の念、それでも死なない肉体で数百年もの間見続ける。その積み重ねがイーディスを変え、気力を奪っていった。

そんなある日、アデルが接触してきた。

「長官、地球侵攻に力をかしてくれないか。あなたは断れないはずだ」

不敵に微笑むアデル。

「私はすべてを知っている」

「⁉」

アデルがシステムのバグ修正のために地球の人間のエネルギーを使うつもりだとわかっても、イーディスは反対することができなかった。むしろ、これで人々を救うことができると、アデルの申し出が救いに思えた。絶望が自暴自棄を呼び込み、正常な判断ができなくなっていたのだ。

週末の繁華街は、若者やサラリーマンで賑わっていた。酔っ払った若者の集団が騒ぎながら道幅一杯に広がって歩いていた。奇抜なファッションに身を包み、傍若無人の若者に通行人は皆迷惑そうにしているが、大学生たちは大声で騒ぎ、気にする様子もない。

と、センターを歩いていたリーダー数人の足が急に止まった。ドスンと何かにぶつかったのだ。

「ん？」

「なんで進まないんだ？」

ぶつかったと思ったのに目の前には何もない。その中の一人が手で触って確認しようとする。確かに何も見えないがそこには何かある。その様子は壁を触るパントマイムをしているようで、それを見た他の連中はゲラゲラ笑っている。

突如その笑いが悲鳴に変わった。

「きゃあああああ！」

リーダーたちが吹っ飛んで道ばたに転がったのだ。

直後、誰も触っていないのにそれが自分の意思だと言わんばかりに街灯がグニャリと折れ曲がって垂れ下がった。

「うわああ、助けてくれ！」

「で、でたあ！」

「なんかいるう〜！」

大学生たちは口々に悲鳴を上げて逃げ出した。

「これは愉快だ」

「おい、今回は偵察なのだ。余計なことはするな」

人間には見えないが、そこにいたのはゲートを通り地球へやってきた二人のガンマアサルトだった。ガンマの科学で創られたアバターは、地球ではまるで光学迷彩のように透明になり、人間には見えなくなってしまう。

「こんな連中、たやすく征服できそうだ」

「急ぐぞ、我らにはやるべきことがある」

一人のガンマが促し、ガンマたちは歩き出した。


ガンマの世界から地球へ送られるのは選ばれた者たちだった。

ガンマの民は『眠りの間』のカプセルの中、眠ったまま理想の仮想世界で幸せに暮らしているが、選ばれし者たちはその仮想世界から解かれ、地球侵攻のための要員として現実の世界を眼魂とアバターで生きることになる。

「貴様ら、何者だ⁉」

繁華街を去ろうとしていたガンマの前に立ち塞がったのは龍だった。近くの知人宅を訪ねていた龍は、街の騒ぎを聞いて駆けつけたのだ。

近くの自販機で缶コーヒーを買ったギターを抱えたモヒカンのパンク青年が、一人で話している龍を見ている。

──あのおっさん、何？　独り言？　やべえ～

面白がってコーヒーを飲みながら見物しているモヒカン。彼には見えないがガンマアサルトがいるのだ。

「お前、我々が見えるのか？」

「見えるぞ、その醜悪な姿がな！」

特殊な修行を積んだ龍には、ガンマの姿が見えていた。

「人間のくせに生意気な！」

ガンマが龍に蹴りを放つ。とっさにそれを避けて転がる龍。ガンマの攻撃が勢い余って自販機に激突！　自動販売機が真っ二つに割れ、火花を散らして左右に倒れた。

「ひえええ！」

モヒカンが悲鳴を上げる。

「うるさい！　若造！」

ガンマアサルトがモヒカンを持ち上げて投げようとする。

「た、助けて！」

宙に浮いてバタバタ暴れているモヒカン。

「その子を放せ！」

龍の攻撃でガンマアサルトは手を放し、モヒカンは地面に落ちて助かる。

――こいつらに対抗するには武蔵の力を借りるしかない！

立ち上がった龍は懐から宮本武蔵の刀の鍔を取り出す。英雄の魂を呼び出すためには、その人物と密接に関係する『物』が必要なのだ。龍は鍔を手にして印を結ぼうとする！

しかし、ガンマの姿はもうなかった、気配も感じない。

――今のはいったい……

龍は唖然として立ち尽くしていた。

そんな龍を腰を抜かしたモヒカンが憧れの目で見ていた。

「かっけー」

その場を去ったガンマたちをつけている男がいた……大悟だ。ガンマたちが行き着いた先で待っていた男に大悟は見覚えがあった。

「あれは……イゴール……」

繁華街の騒動が人々の噂になっていた。インターネットというツールが出現し、個人が発信する情報を共有できるようになって、この手のニュースが広まるスピードは格段に早くなっていた。誰かが面白おかしく騒ぎを煽る。

「ゴーストのしわざじゃね？」

「なにそれ、うける！」

あっという間に広がる口コミのニュース。テレビでも不思議な現象が起こったと取り上げていた。

タケルが遊びから戻ってくると、大天空寺の山門の所にとんがった奇妙な髪型をした青年が境内をのぞき込んでいた。龍に助けてもらったモヒカンだ。

「なんだあの髪？」

タケルが面白がってモヒカンに近づいてゆく。

「ねえねえ、お兄ちゃん、それって武器？」

モヒカンの頭を指差すタケル。

「えっ……違う、何でもない、何でもないから」

逃げるように去っていくモヒカン。

その後も龍の行く先々で時々モヒカンを見かけるようになる……。

一方、モノリスの研究は相変わらず進展が見られず、五十嵐は諦めにも似た無力感に襲われていた。

「これ以上、何をすればいいんだ……私にはもうわからないよ」

「黙れ、弱音を吐くならやめたらどうだ」

西園寺のイライラした態度も、五十嵐と同じく研究が進まない腹立たしさから出たものだった。

見かねた龍が言う。

「焦りは禁物だ、今日はもうこのくらいにして続きはまた今度にしよう」

「すまない、ただ、ちょっと疲れてるだけなんだ」

五十嵐はそう言うと研究室を出ていった。

「情けない奴だ」

「西園寺、そう焦るな」

「私が研究に参加してもう何年経ったと思う？」

「きっと糸口は見つかるさ。私は皆の力を信じている」

「だといいがな」

そう言い捨てると西園寺も研究室を後にした。

——二人の気持ちもよくわかる……ガンマや大悟のことを話したほうがいいのかもしれない……

龍がそう思いながら机の上の資料を片付けていると、突如モノリスが鳴動し、目の紋章が光った！

——またゲートが開くのか⁉

だが、モノリスはすぐに静かになった。その代わり、モノリスの前の空中に目の紋章が現れた。

——誰か来る⁉

敵意を持ったガンマかもしれない……そう思った龍は中二階に駆け上り、机の後ろに身を潜めて様子をうかがった。

目の紋章が開くと、中から小さな眼魂がスーッと現れ、目の紋章はすぐに閉じて消えた。

——なんだあれは？

驚いている龍の目の前でその眼魂が変化！　ダークパープルの軍服を着たシルバーの髪が印象的な男が現れた。それはイーディスだった。だが、初めて会う龍には誰なのかわからない。

——街で見かけた連中とは全然違う……着ているのは軍服のようだが、あいつもガンマなのか？

イーディスは龍が見ていることに気づかず、周りを見回して怪訝そうな顔をしている。

「なんだここは？　……ふむ……何かの研究室のようだが……」

興味を持ったイーディスは中二階へ昇ろうとする。

と、階段の上に龍が現れる。

「あなたは何者です⁉」

「⁉」

イーディスは、龍が突然現れたことよりも、自分の姿が相手に見えていることに驚く。

「私が見えているのか？」

「だから聞いている」

「そんなバカな……私が姿を見せようと思わない限り、お前たちには見えないはずだ！」

「修行を積んだ私には見える」

「……なんと……お前こそ何者だ？」

イーディスは龍に興味を持ったようだった。

「私はこの大天空寺の住職、天空寺龍。あなたは……」

ガンマなのか……と聞きかけて龍は言葉を飲み込んだ。

――大悟のことを悟られないように、ガンマのことは知らないことにしたほうがいい
……

龍は質問を変える。

「あなたたちはいったい何をしようとしている？」

「あなたたちだと？　私以外に誰かを知っているのか？」

「街で暴れる二人組と出会った。容姿は人間離れしていたけど、あなたと同じように普通の人間には見えないゴーストのような連中だった」

「……見えるというのは厄介だな」

「何が目的なんです？」

龍の問いには答えず、イーディスは龍をまじまじと見た。

――こんなやつが地球にもいるのか……

イーディスはアデルから地球侵攻の足がかりをつくる命を受けた。地球に来ることになったイーディスは、かつて自分たちが暮らしていた場所がどうなったか気になり、モノリスの前にゲートを開いて現れたのだ。

龍が黙っているイーディスに再度問う。

「何が目的だ⁉」

「それは……」

イーディスが言いよどみ視線を伏せた。

――この男、何か躊躇しているのか？

龍はイーディスの表情の変化を見逃すまいとじっと見つめる。

イーディスの脳裏では龍の問いがぐるぐると回っていた。

――地球侵攻の目的、本当の目的……

イーディスにやるせない気持ちが押し寄せてくる。

――いくら自分たちのためとはいえ、地球の人間を犠牲にしていいのか……

しかしいくら考えても自分には何もできないし、他に方法がない。

――いいや、これしかない、これが正しい！　何もできない自分はアデルの計画を推し進めるしかないのだ！

それはイーディスの絶望の裏返しだった。

「こうするしかない、こうするしかないんだ……」

「こうするしかない？」

龍はイーディスの中に迷いを見た。

――自分のやろうとしていることに疑問を持っているのか？　いったいこの男は何をや

るつもりなんだ？

と、気持ちをふっきり、視線をあげたイーディスがニヤリと笑う。

「我々ガンマの目的が知りたいか？」

龍はその様子を見て確信する。

——やはり大悟を追ってきたわけではなさそうだ。

もっと重大なことが起こる予感が押し寄せる。

「よからぬことのようだな」

「いいや、とても素晴らしいことだ。我々ガンマが、お前たち人間を幸せにしてこの地球を守ってやろうというのだ」

「とてもそんな風には聞こえない。災いをもたらすとしか思えないな」

「黙れ、人間！」

イーディスが龍を捕まえようと階段を上る。と、龍は身を翻《ひるがえ》して中二階からモノリスの前に飛び降りた。

「ほう、やるじゃないか」

龍は身構え、イーディスに対峙する。

「ガンマは人間と地球をどうする気だ？」

「我々がお前たちに我らと同じ完璧な世界を与えてやろうというのだ」

「完璧な世界とは⁉」

「説明してもお前たち人間には理解できんだろう」

「……ガンマが支配するということか?」

龍が探るようにイーディスを見る。

——そして、人間をシステム維持のエネルギーとして使う……

イーディスはそう言う代わりに、

「……だったらどうする」

と、中二階からゆっくりと階段を降りた。

「なぜそんなことをする⁉」

「お前たち人間に任せていたら、この地球は滅びてしまうからだ」

「滅びはしない」

「いいや滅びる。私は密かにお前たち人間を何百年もの間観察していた。だから、この先どうなるか、手に取るようにわかるのだ」

「なに⁉」

「いやあ、ひどいもんだ。絶え間ない戦争、環境を破壊してまで推し進める経済活動。どれをとっても未来は見えない。自ら破滅の道を歩んでいるのがお前たち人間だ」

「今はそうかもしれない。だがいつまでも今のままではない！」

「信じられるか」

イーディスが部屋を出ようとすると、龍が立ち塞がる。

「人は変われる。人には無限の可能性がある」

「くだらん、どけ」

だが龍はどこうとしない。

「愚か者め……我らの力を思い知るがいい」

イーディスは黒いウルティマ眼魂を取り出した。スイッチを入れるとイーディスの姿は一変！　顔や体全体がバトル仕様の黒い戦士、ガンマウルティマに変身する。街にいたガンマよりも遥かに強そうとみた龍は、武蔵の鍔を取り出し印を結ぶ。

「ムサシ、召喚！」

鍔が光り、宮本武蔵の魂が人の形となって現れる！

「武蔵見参！」

武蔵が声を上げた。普通の人間だと思っていた龍の思わぬ能力に、ガンマウルティマのイーディスは戸惑う。

「きさま、何をした!?」

「英雄、宮本武蔵の魂を召喚したのだ！」

「なに⁉　そんなことができるのか⁉」

思わず動きが止まるガンマウルティマ。

「これぞわが修行の成果！」

二刀を自在に扱う龍はまさに宮本武蔵そのものだった。


二人の闘いは寺から河原へと場所を移し続いていた。龍は刀を使い、武蔵と共にガンマウルティマと闘っている。

ガンマウルティマが鋭い一撃を放つ！　間一髪のところで避け、一連の動作で刀を振り下ろす龍！　すかさず武蔵が二の太刀を浴びせる。二人を相手にガンマウルティマもたじたじだ。

と、龍と武蔵の姿が重なり一つとなる……二刀を構える龍。龍が一気に攻めてガンマウルティマを追い詰める。二振りの刀で繰り出す波状攻撃がガンマウルティマに反撃の余地を与えない。必死で刀をかわしながら、今の自分の状況が信じられないガンマウルティマのイーディス。

——何が起こっている、地球にこんな人間がいるなんて！

渾身の力を込めて龍を押し戻すガンマウルティマ。

——この力……この人間の使う力はいったい……

龍はその隙を見逃さなかった。一閃、龍の浴びせた一太刀がガンマウルティマを直撃する。

「うがっ！」

ガンマウルティマの変身が解除され、イーディスの姿となって倒れ込む。

イーディスは愕然としていた。

「信じられん。人間に、この私が敗れるとは……」

刀を仕舞った龍がゆっくりと近づいてくる。

「あなたの心には迷いがある。だから負けたのです」

「迷い……」

「そうです」

龍は深くうなずいた。

——確かに私は迷っている。この男はそれを見透かしたというのか？

龍はイーディスの目をじっと見つめていた。イーディスの心を射貫くようなその真摯な眼差しに、イーディスの口から思わず本音が漏れる。

「私だって地球侵攻などしたくない。だが無理なんだ、勝てないんだ……」

そんなことを言ってしまった自分にイーディスは驚いていた。

——誰にも漏らさなかった弱音を、なぜこの男に……これもこの男の持つ不思議な力がもたらしたことなのか……

と、そのとき、イーディスの脳裏に一つの考えが閃く。

——英雄の魂を召喚できるこの男の力を借りれば、ガンマイザーを倒せるかもしれない。

絶望で真っ暗だったイーディスの心に希望の光が差した瞬間だった。

黙り込んでしまったイーディスの様子を見ていた龍が優しく問う。

「勝てないとは、いったい何に？」

「それは……」

イーディスはグレートアイのことを龍に話すことにした。

コンタクトできるのはアドニスだけだが、アドニスを介さずグレートアイと直接コンタクトさえできれば望みは何でも叶う、ガンマの地球侵攻を止めることもできる、と……。

「ただし、グレートアイを守っている十五体のガンマイザーを倒さない限り、直接コンタクトを取ることはできない」

ガンマイザーというファイヤーウォールを破ってハッキングする必要があるのだ。

イーディスの話を聞いた龍はしばらく黙っていた。不安げなイーディスに龍が微笑む。

「あなたはガンマの地球侵攻を止めたいんだな？」

「ああ」

イーディスの答えを聞いて龍はうなずき、そして、手を差し伸べた。

「いっしょに闘おう」

イーディスが龍を見つめる。

――この男となら……

「私が、間違っていた」

龍の手を、イーディスが握った。

大天空寺の地下研究室に戻り、イーディスはモノリスを見ながら龍と話す。

「お前たちはこのモノリスを守ってきたのか？」

「そうだ」

「……リューライの子孫かもしれんな」

イーディスが呟く。

「教えてくれ。ガンマの地球侵攻の目的は何なんだ？」

龍の問いにイーディスが答える。

「生体エネルギーだよ。眼魂システム維持のために生体エネルギーが必要なんだ。それを地球の人間から得ようというわけだ」

「そのためにガンマは自分たちの完璧な世界を地球に押しつけようというのか？　そんな

考えは間違っている」

「だとしてもガンマにはそれが最善の方法なんだ」

「我々だって黙ってやられるつもりはない」

「だがな、ガンマと闘って勝つことは容易なことではないぞ。ガンマからやってくる侵略者は皆アバターだ。だから倒してもまたすぐにガンマ世界で復活する。死なないんだ。しかも生身の人間はこっちからガンマ世界に行くことはできない。だから攻められない」

「止める方法は……一つ？」

「そう」

「それがグレートアイ……」

龍が呟いた。

「そのためにはガンマイザーを倒すしかない。だが普通の力では無理だ」

考えていた龍が目をあげた。

「英雄の力を借りて倒せないだろうか？」

ハッと思い出すイーディス。

「さっきの闘いで、お前が宮本武蔵を呼び出していた、あれか？」

「そうだ。私は英雄の魂を呼び出すことができる」

「英雄か……」

「英雄とは、自分だけの道を見つけ、その道を信じて進み、命を燃やし尽くした者たちのことだ。彼らの力を借りれば、きっとそのガンマイザーも打ち破ることができる」

「いい考えかもしれない。英雄の魂を眼魂化して十五体のガンマイザーそれぞれに対応させれば……」

「やろう！」

龍の言葉でイーディスの顔がほころぶ。

「天空寺龍、よくぞ言ってくれた！」

イーディスは龍の手を取り何度も何度もうなずき、最後にはハグして涙まで流した。

「おい、泣いてるのか？」

笑いながら龍があきれている。

「当たり前だ、こんな嬉しいことがあるか」

「そう言えばあんたの名前を聞いてなかったな」

「わが名はイーディス、ガンマ世界の冥術学を極めた者、要するに科学者でありガンマ世界の長官だ。偉いのだよ」

イーディスはニヤリと笑った。

「天空寺龍、ガンマ世界のことをもっと知れば、きっと驚くぞ」

だが、龍から返ってきた言葉はイーディスを驚愕させる。

「赤い空がもたらした病、それを克服しようとして起こった百年戦争。その末にできあがった肉体を眠らせて眼魂で暮らす死を克服した理想の世界……」

「な、なぜそれを知っている！」

「イーディス、あんたに会わせたい男がいる」

大悟を見たイーディスは驚く。

「ゴーダイ、お前、生きていたのか⁉」

大悟もまたイーディスと龍が協力してガンマの地球侵攻を止めようとしていると知り驚いていた。

「イーディス長官、ガンマを、大帝を裏切るつもりなのですか？」

「それは違う。間違いを正したいだけだ。それより、お前はどうやって地球にやってきた？」

大悟はダントンから逃げてモノリスのゲートをくぐって地球へ逃げてきたいきさつを話した。ただし、マコトとカノンのことは黙っていた。大悟はイーディスのことを聞かされたとき、龍に再度二人のことを口止めしていた。

「頼む、マコトとカノンのことは長官にも秘密にして欲しい。前にも言ったが、二人の存在をガンマの誰にも知られたくないんだ。あの子たちは……」

龍がうなずく。

「わかった。聞かれたらマコトとカノンは地球で生まれた子供、奈緒子さんの子供だと伝えておこう」


大悟から地球へ来たときの話を聞き終えたイーディスは愕然としていた。

「グレートアイがモノリスを起動させたのか⁉」

「ええ、あれから五年経ちました」

「何を言っている、ガンマ百年戦争は数百年前の出来事だ」

「えっ、そんなバカな⁉」

そんな時間が経っているなど大悟には信じられなかった。

「お前は生身の体でゲートを通ることができたが、そのかわり数百年の時を飛び越したようだな」

「じゃあ今のガンマ世界は……ダントンは？」

「奴は宇宙に追放された。もう戻ってこられまい」

大悟の顔に安堵の色が浮かんだ。

「もうお前の知っているガンマ世界ではないぞ」

眼魂で暮らす世界から、仮想世界で暮らすシステムに変わっているると知った大悟。

「大帝はこの地球もそうしようとしているのですか？」

「ああ……」

沈痛な面持ちのイーディスの肩を、龍がポンと叩く。

「イーディスにはガンマに対抗するための研究に加わってもらう。これから皆にも紹介しようと思っている」

「地球では、わしは仙人じゃ」

「は？」

「長官とは別人、そういうことじゃ」

仙人は龍がつけた名前だった。

「そうだ、どうせならいろんな格好をしてみたいのう。地球を観察してるときから思っていたのじゃ」

そう言うと仙人は愉快そうに笑った。

年が明け、二〇〇五年になった。

龍は仙人を五十嵐と西園寺に会わせた。五十嵐はガンマ世界のことを知り興奮気味だった。

「すごい！　やはりモノリスはゲートだったんだな！」

一方、西園寺はガンマ世界から来たという仙人と名乗る男に対してあからさまに懐疑的な態度を取る。

「本当にこいつの言うことを信じていいのか?」

「信じられないのも無理はない。でも、これは本当のことなんだ」

龍は自分が街で遭遇したゴーストの正体がガンマだと告げた。ガンマが地球侵攻を企んでいると知って、五十嵐と西園寺は絶句した。

「ほうっておけば人間が地球を滅ぼすだと?」

「そんなものは詭弁だ、エネルギーにする人間が必要なだけじゃないか」

憤る二人に仙人が言う。

「今はまだ大規模侵攻に備えた準備を始めたところじゃ。今のうちにこちらも対抗手段を準備するしかない」

「どうしようと言うんだ? 何か手はあるのか?」

五十嵐が聞き返した。仙人は黙ってうなずいた。

日を改め、地下研究室に龍、五十嵐、西園寺、仙人が集まった。これからやるべきことを仙人が話すと言う。だが西園寺は仙人のことが気に入らない様子。

「何が仙人だ。ふざけてる」

「そういうな、西園寺。異文化交流だよ」

五十嵐がそれを諌める。

「揃ったな。では始めようか」

仙人がそう言うと、

「ああ」

ブランクゴースト眼魂を手にした龍がうなずいた。

龍たちの前に十五個のブランクゴースト眼魂が並べられる。

「ガンマ世界にはガンマイザーと呼ばれる十五の守り神がいる。奴らを倒さぬ限り人間世界への侵攻は止められない。だが……ガンマイザーは不滅の存在じゃ」

「不滅？　そんなものをどうやって倒すというんだ？」

五十嵐が不安そうに聞いた。おもむろに龍が武蔵の鍔を取り出し印を結ぶ。

「ムサシ、召喚」

鍔が光り、宮本武蔵の魂が人の形となる。ムサシゴーストだ。

「武蔵見参！」

ムサシゴーストが声を上げた。

「十五の守り神に対抗するために十五人の英雄の力を借りよう。その命を燃やし尽くした十五人の英雄の魂を！」

龍がムサシゴーストの横に立ち、皆に告げた。

「十五個の英雄の魂を宿した眼魂を創るつもりだ」

「英雄眼魂？」

「本当にそれで勝てるのか？」

西園寺が疑問を呈した。

これしか手はないと思っていた仙人の脳裏にも不安がよぎる。

――きっと勝てるはず……だがもしも……

それを見透かしたように龍が皆に言う。

「わが友よ、信じてくれ。人間の心と力を。その先に広がる、無限の可能性を」

龍が仙人を見る。

「無限の可能性か……わかった。信じよう。ガンマイザーさえ倒せば、グレートアイに直接コンタクトできる」

「グレートアイ？」

「どんな願いでも叶えてくれる偉大な存在じゃ」

西園寺の疑問に仙人が答えた。と、西園寺が身を乗り出す。

「ってことは、十五個の英雄眼魂を集めれば何でも願いが叶うということか？」

「そういうことだ」

西園寺の目の色が変わる。

——何でも願いが叶う……世界をこの手にすることもできるということか？

純粋にオーパーツを研究していた西園寺はこの瞬間にいなくなった。すでに欲望が西園寺を支配していた。

龍たちは十五人の英雄を選び始めた。しかしこれまでに英雄と呼ばれた者は数知れず存在している。

「いったいどうやって選べばいいんだ？」

五十嵐は困惑していた。

「強い者に決まっているだろ」

西園寺の発言を龍が否定する。

「英雄とは、自分だけの道を見つけ、その道を信じて進み、命を燃やし尽くした者たちのことだ」

「生き方の強さってことか」

西園寺の言葉に龍がうなずく。

「単なる天才ではなく努力で自分の道を究めた者こそ、英雄と呼ぶにふさわしい」

英雄の選定が進んでいたある日、仙人が慌てて研究室にやってきた。その深刻そうな表情を見た龍は、何かが起こったのだと悟る。

「ついに……ガンマの計画が？」

「大帝は人間世界への本格的な侵攻を決定した。その時期は、十年後じゃ」

仙人が忌々しそうに告げた。

「……時間がなさすぎる」

五十嵐は呆然としていた。これからやらなくてはいけないことを考えたら、十年でも短すぎるのだ。

龍たちは急いで十五英雄の選定を進めた。

そして、宮本武蔵、坂本龍馬、織田信長、武蔵坊弁慶、石川五右衛門、卑弥呼、トーマス・エジソン、ロビン・フッド、アイザック・ニュートン、ベートーベン、ツタンカーメン、ハリー・フーディーニ、ビリー・ザ・キッド、グリム兄弟、三蔵法師の十五英雄を選んだ。

英雄の選定は終わったが、十五英雄の魂を呼び出すためには、武蔵の鍔のように英雄たちの遺物が必要だった。

　さっそく五十嵐や西園寺もそれぞれの英雄に関係する物を探し始める。しかしそれは簡単なことではなかった。遺物ならなんでもよいというわけではなく、思いのこもった物が必要だったのだ。

　それと並行して英雄の魂を眼魂化してその力を引き出すための装置、ドライバーの開発も行われた。

　開発の中心となったのは仙人だった。

「このドライバーさえ完成すれば英雄眼魂が創れる。英雄眼魂システムが勝利の鍵じゃ。それに最終的にはアバターでやってくるガンマに対抗してこちらも死なないアバターで闘えるようにしないとな」

　さらに、英雄を呼び出せる龍の力を研究している過程で、遺物と英雄に対する強い思い、そして目の紋章を描くことで、龍と同じように英雄の魂を呼び出すことが可能だと判明する。龍のように自由自在というわけにはいかないが、呼び出す方法が見つかったのだ。

　それを知って西園寺はほくそ笑む。

　——ついてるぞ。ドライバーが完成すれば、私でも英雄眼魂を創ることができるってことだ。それを十五個集めれば……ククク……

西園寺がそんなことを考えているとは、龍も五十嵐も全然気づいていなかった。

ある日、仙人と五十嵐が地下研究室にやってくると、龍が一人で佇んでいた。手にはブランクゴースト眼魂を握っている。仙人がそれをどうする気なのかと聞くと、龍が意外なことを言う。

「送ろうと思う。十年後の息子に」

「タケルに⁉」

うなずく龍。五十嵐が驚いて聞く。

「この戦いに子供を巻き込むつもりか？　それがどんなに危険なことかわかってるのか？」

「わかってる。だが私はタケルを信じている。タケルの中にある無限の可能性を……。あいつは必ず、この私を超えるに違いない」

龍の目は確信に満ちていた。仙人が言う。

「なら、わしも楽しみにしよう。十年後を……」

その頃、母屋ではタケルが分厚い本を開き必死で読んでいた。

それは、一ヵ月前、八歳の誕生日に龍が贈った『世界偉人伝』だった。

自分たちが選んだ十五英雄を含む偉人たちの偉業を載せた本を龍が創ってプレゼントしたのだ。

「うーん……難しいよ！」

そう言いながらも必死で読んでいるタケル。それを見てアカリが笑う。

「漢字が読めないんでしょ？」

「うるさい、武蔵見参！　二刀流を受けてみろ！」

「やめてよ！」

タケルはアカリを追いかけ始める。

将来すさまじい苦難が待っているとは知るよしもなく、今はまだ無邪気な子供だった。

ある日、仙人ことイーディスが大悟を大天空寺の裏に呼び出した。

「ご用でしょうか、長官」

「長官はよせ、ここではわしは仙人じゃ」

「では仙人……」

「実はお前に頼みがある。アルゴスの手伝いをしてやってくれないか」

アドニス家の長男、アルゴス。意外な名前が出てきたことに大悟は驚いた。

「たしか、アルゴスは死んだのでは？」

「ああ。だが死ぬ前にわしが眼魂にしたのじゃ。アルゴスと共にある場所に行って欲しいのじゃ」

「ある場所？」

それは眼魂島だった。イーディスが英雄の選定のために創った箱庭のような世界、英雄の魂が暮らすその世界にアルゴスを送り込むつもりだった。

「アルゴスが十五個の英雄眼魂を集めるのを手伝って欲しい」

「英雄眼魂は龍たちが集めようとしているじゃないですか？」

「もちろん、それがうまくいけば万々歳じゃが……もしもということもある。それでお前とアルゴスにも眼魂島で同じことをして欲しいのじゃ。そうすればガンマイザーをハッキングすることができる」

「………」

「これは地球のため、ガンマのため、お前の子供たちのためなのじゃ。これもまた一つの闘い方だと思わないか？」

その言葉を聞いて大悟は迷う。地球にやってきて幸せな家庭を持つことができた大悟、妻は亡くなったが、今はマコトとカノンと平和に暮らしている。

――マコトとカノンを守りたい、幸せに暮らせるようにしてやりたい……

それが大悟の思いだった。大悟は、龍と共にガンマと闘うつもりだった。だが、確かにイーディスの言う闘い方もある。

——これも子供たちのため……

大悟は心を決めた。

「わかりました。行きましょう」

龍は大悟から突然マコトとカノンのことを託されて驚く。

「家を出るのか?」

大悟はイーディスから提案されたことを正直に話した。

「このまま俺がここで闘うと、必ずマコトとカノンも巻き込まれる。そうなれば、いつかは二人がデザイナーベイビーだということをガンマに気づかれるだろう。それだけは絶対に避けなくてはいけない。二人の幸せのために……」

「それがお前の選んだ闘い方なんだな」

大悟は力強くうなずいた。

「わかった、マコトとカノンのことは任せてくれ。心配するな」

そう言って龍は大悟を送り出した。

しかし子供たちはそうではなかった。たとえ大悟がこれからやろうとしていることを話したとしても理解できなかっただろう。

家を出ていく大悟を見送りながら、戻ってこないことを敏感に感じたカノンは大泣きしている。

マコトは去っていく大悟に叫ぶ。

「俺たちのことはどうでもいいのかぁ！」

その声を背中に受けても大悟は振り返らなかった。ただ、立ち止まり、

「カノンはお前が守れ。どんなに辛い現実にも負けるな、闘え、強くなれ、マコト！」

そう告げると去っていった。

家を出た大悟はイーディスに会うために約束した町外れの廃工場へ向かっていた。廃工場に到着し、封鎖された扉を開いて中に入ろうとする大悟。

と、突然背後から声がする。

「ゴーダイ!?」

かつての名前を呼ばれて大悟は思わず身構えた。

「誰だ!?」

そこにいたのはアデルだった。

「アデル様……」

「お前、生きていたのか？」

アデルは大規模地球侵攻のための準備を開始していた。その指揮をするために地球へ来ていたのだ。

「なぜここにいる？」

「…………」

「お前とダントンが創ろうとしていたあの子供はどうした？」

「…………」

「成功したのか？」

「失敗だった、だから逃げてここに来たんです」

「生身の体でか？」

「…………」

「おかしいぞ、何か言えないことがありそうだな」

アデルは大悟が何かを隠していると察知した。

「黙れ！」

大悟はアデルに摑みかかったが、アデルはそれを簡単に払いのけた。

「愚か者め！」

そう言うとアデルはガンマウルティマに変身！

大悟が挑みかかるが、ガンマウルティマにはパンチもキックも効かない。だが大悟はひるまない。

「お前たちの好きにはさせない、うおおおお!」

突進してゆく大悟。

「反逆者め、死ぬがいい!」

ガンマウルティマの強烈な突きが大悟の体を突き刺す!

「!」

ガンマウルティマが腕を抜くと、大悟は地面に倒れ動かなくなる。

「何を隠していたのか……まあいい、どうせ地球は我らのものだ」

変身を解いたアデル、大悟を一瞥すると去っていく。

──死ぬのか……

大悟の脳裏に地球での思い出が走馬灯のように駆け巡る。

奈緒子が笑っている。食卓を囲んだ大悟、マコト、カノンも笑っている。家族で出かけた動物園では、カノンが泣き出し、マコトが迷子になって……。どんどん成長する子供たち。運動会、海水浴、お散歩、どこに行くのも家族いっしょだった。楽しい思い出の数々……

──マコト、カノン……お前たちを残していくなんて……

二人のことを思い、悔し涙が溢れてくる。

アデルの姿が消えるとすぐに扉の陰からイーディスこと仙人が現れる。大悟に駆け寄る仙人。

「しっかりしろ！」

心音を確かめると微かだがまだ動いている。

「まだ間に合う！　お前には使命がある、このまま死んではならん！」

仙人は大悟の眼魂を創ることにしたのだ。後にそれはスペクター眼魂と呼ばれるようになり、そして、そのコピーが仙人によってマコトに手渡されることになるのだ。

眼魂化は成功したが大悟は命を落としてしまった。

仙人は眼魂島でアルゴスと大悟の眼魂を起動させアバターでの活動を開始させる。眼魂島にそびえ立つ塔、その『謁見の間』で仙人はアルゴスと大悟に告げる。

「十五個の英雄の眼魂を集めてその心を繋げば生き返ることができる……よいな、必ず成し遂げるのだ」

仙人は、アルゴスが本気で眼魂を集めるようにと本来の目的は隠していた。

――生き返るため、そう思えば必死になるはず……

生き返ることができるというのもあながち嘘ではない。グレートアイならできると仙人は思っていたのだ。そんなことを考えているとは知らず、アルゴスは深々と頭を下げる。

「お任せ下さい」

「頼んだぞ」

仙人が大悟を見ると、大悟はうなずく。

「この者を導きます」


アデルの地球侵攻のための準備、それは巨大なゲートを開けるようにすることだった。今は小さなゲートしか開けず、眼魂が一つ二つ通るのが精いっぱいだった。地球上に巨大ゲートのための施設を造ってゆき、それを一気に稼働させることで、大きな紋章を創り出し、巨大なゲートを開く。そこから一気に攻め込み、ガンマが地球を支配する作戦だ。

イーディスはその作戦を龍たちに阻止させる必要があると思う。

――十年後に大規模侵攻が始まるとしても、少しでも有利な状態にしておく必要がある……。

アデルは作戦の詳細をイーディスにも話さなかった。イーディスはなんとかしてそれを探ろうとし、知り得た情報を仙人として龍たちに伝えた。そして龍が出向き、英雄の力を借りてガンマを撃破するのだ。

ガンマが現れても人々はその姿が見えないため、ゴーストが出たという噂になっていた。

不可思議現象だ。

「その情報を集めればガンマの動向が把握できるんじゃないか？　その現場に出向いてガンマを阻止する、人々にはゴーストを倒すと言えばいい」

龍の言葉に仙人がうなずく。

「さしずめゴーストハンターじゃな」

「ゴーストハンター、いいじゃないか。そう名乗ろう！」

こうして龍たちのガンマの侵攻準備を阻止する活動が始まった。最初は世間からうさんくさい目で見られていた龍たち。しかしいくつかの現場でガンマを阻止し、目に見えない何かが引き起こしていた事件を解決したことにより、龍は次第にゴーストハンターとして名が知られてくる。

ゴーストハンターとしての活動と共に、大天空寺の地下研究室ではドライバーの開発が進んでいた。

「見てくれ。まだプロトタイプだがな」

仙人が差し出したのは完成したドライバーの試作品だった。

「これで英雄眼魂を創ることができる」

「よくやってくれた、友よ！」

喜ぶ龍や五十嵐。

その陰で西園寺がほくそ笑む。

――いよいよだ。

野望を持った西園寺は、表向き龍たちに協力しているように見せかけていた。

――すべては十五英雄の眼魂を手に入れ、グレートアイの力で世界を手にするという願いを叶えるため……

そのために、西園寺はイゴールの協力を取り付けていた。ゴーストハンターと名乗る人間が自分たちの作戦を邪魔しているのを知ったイゴールが、その正体を知るために西園寺に近づいたのだ。

西園寺が英雄眼魂を集めていると知ったイゴール。

「ほう、それは興味深い。集めて何をするつもりなのだ？」

「いえ、これは私の個人的なためのものでして。ガンマの皆様には関係のないことです」

西園寺はしらを切った。

――こいつらガンマを利用して私が願いを叶えるのだ、フフフ……

そう思ったのだが、それはイゴールも同様だった。

――低能な人間め。この天才イゴール様はすべてお見通しだ。何があるのか……この低能な人間を利用してやりますか。

イゴールは疑われないように交換条件を出す。

「お前の英雄眼魂集めを手伝ってやってもいい。ただし、人間をガンマ世界に送り込んで欲しい。侵攻するためのサンプルが欲しいからな」

「いいでしょう」

西園寺はうなずいた。こうして西園寺はガンマの協力者となった。

後に西園寺はアランとも接触し、英雄眼魂を独り占めするために仮面ライダーゴーストとなったタケルやアランたちを相手に様々な策を弄することとなる……

西園寺や五十嵐はモノリスの解析を仙人の協力で進めていた。すでに仙人の知識のおかげでモノリスを起動することはできるようになっていた。ただし、不安定で危険な状態にしかならず、ここを通ってガンマ世界に行くのは自殺行為と思われた。実際、仙人からも有機体がこの中を通れば死んでしまうと告げられている。しかし西園寺はモノリスを使ってマコトかカノンをガンマ世界に送り込むつもりだった。

――死ぬかもしれんがこれしか方法がない。私の願いを叶えるためだ、犠牲になってもらおう……

マコトとカノンを地下研究室におびき寄せ、モノリスを起動させる西園寺。ガンマ世界に通じたモノリスに、カノンの体が半分吸い込まれそうになる。

「カノン！」

マコトが必死でカノンの手を摑み助けようとする。

「お兄ちゃん！」

「カノン！」

しかし抵抗むなしく二人はモノリスに吸い込まれてしまう。モノリスが起動したことに気づいた龍と五十嵐が駆けつけたが間に合わなかった。

「⁉」

ふと見ると起動装置の前に西園寺がいるではないか！

「西園寺。なぜ、こんなことを⁉」

怒りをあらわにした龍に、西園寺は小さなペンのような装置を取りだし、自分の周りにバリアを張った。龍たちは近づけなくなってしまう。

「ガンマ世界との交換条件です」

ニヤリと笑った西園寺は、プロトドライバーを手に取った。

「これはもらっていきます」

そう言うとバリアを使って龍たちを撥ね除け、西園寺は逃げ去った。

本堂で座禅を組んでいる龍。

西園寺の裏切りより、子供たちを守るという大悟との約束を守ることができなかったことが、龍にとっては大きなショックだった。

——マコト、カノン……どうか無事でいてくれ……

だが龍は二人が生きていると確信していた。モノリスのゲートをくぐって地球にやってきたデザイナーベイビーの二人。今回も必ず無事にガンマ世界へ到着しているはずだと。

龍は仙人に二人の捜索を頼む。

「生きているわけがない、有機体は通れないのじゃ」

そう言って渋る仙人の尻を叩いて探させる。すると、数日後、仙人がブツブツ言いながらやってきた。

「マコトとカノンならお前が言うように大丈夫じゃった。でもなぜだ、わからん……」

「無事なんだな」

「ああ、あの二人はガンマ世界にいる。なぜだかわからぬが、生身の体でモノリスのゲートを無事に通過できたようじゃ」

二人が無事だと知って心から安堵する龍。

「連れ戻すことはできないのか？」

「またうまくいくとは限らん。有機体が通れるようにする研究もすすめておる。それまで待つのじゃ」

龍は二人をガンマ世界に置いておくことが不安だった。その様子を見て仙人が言う。

「心配はいらん。信頼できる者が二人を世話するようにわしが手を回しておいた」

それはアランやアデルの姉、アリアのことだった。龍が仙人に頭を下げる。

「頼む、あの子たちのことを見守ってやってくれ」

「わかった、わしに任せておけ」

仙人はそう言うと手にしていた眼魂を見た……それは大悟の魂が入ったスペクター眼魂。コピーを創っておいたのだ。

――時が来たらマコトにこれを渡そう、父親の眼魂を……

プロトタイプのドライバーは西園寺に奪われたが、新たに改良を加えたゴーストドライバーができあがっていた。

「これで英雄眼魂を創り出すことができる」

地下研究室で仙人がドライバーを龍に差し出した。

「これを使ってお主も変身できるはずじゃ。ただし、まだ最終調整前なので完全ではないがな」

仙人は紅《くれない》の眼魂を龍に与えた。

「ガンマの中にはわしなど足下にも及ばないほど、とてつもなく強いやつもおるのじゃ、気をつけろ」

その仙人の忠告が、嫌な形で的中する……

ある日、龍の元に不可思議現象の報告が入る。誰もいないはずなのに、何かの見えない力によって岩場の岩が砕け散ったというのだ。

「僕も行く！」

このところ、タケルはゴーストハンターの仕事に出かける龍についてきたがった。いつもなら危険だからと置いてゆくのだが、今日はなぜか連れていく気になった龍。

――タケルも大きくなった、そろそろいいかもしれない……

そう思ったのだ。

現場は山の中腹にある岩場だった。

龍が周りを見回してみるが、ガンマの姿は見えなかった。

――ガンマの仕業ではなかったか……

そう思ったとき、目の前に男が現れる。

「我々の邪魔をしているというのはお前か」

それはガンマウルティマに変身したアデルだった。

「ガンマ⁉」

「我らが見えるというのは本当だったのだな。誰から我らのことを聞いた？　……ゴーダイか？」

龍はそれには答えず、タケルを押し戻す。

「タケル、離れていろ」

タケルにはガンマウルティマの姿が見えていない。

「どうして？」

「いいから離れろ！」

そう言うと龍はガンマウルティマに向かってゆく。攻撃を繰り出すが、アデルのガンマウルティマはそれを軽々とかわし、龍に一撃を加える。

「うっ！」

龍は地面に崩れ落ちる。

「父さん？　ゴーストがいるの⁉」

心配そうに龍を見ているタケル。

龍は安心させようと微笑む。

「父さんは大丈夫だ」

「それはどうかな」

ガンマウルティマが龍を蹴り上げようとする。龍はそれを避け、武蔵の鍔を手にして印を結ぼうとする。だがガンマウルティマの蹴りで鍔が宙に舞う。

「しまった！」

龍はすぐさまゴーストドライバーを装着、紅の眼魂を装塡する。

「変身！」

紅の仮面ライダーゴーストが現れる。それを見たガンマウルティマのアデルは思わず動きを止める。

「いったいどこでそれを手に入れた⁉」

「この世界をお前たちの自由にはさせない！」

紅の仮面ライダーゴーストに変身した瞬間に、その姿はタケルには見えなくなっていた。突然父親の姿が消えてしまったのでおろおろしているタケル。

「父さん⁉」

何かが動いている気配だけがかすかにタケルにも感じられた。

――しっかりしろ、父さんは大丈夫！

タケルにもこれが非常事態だということがわかった。

ガンマウルティマの攻撃は容赦なかった。一発の蹴り、一発のパンチの破壊力が尋常ではない。龍の脳裏に仙人のことばがよぎる……

「ガンマの中にはわしなど足下にも及ばないほど、とてつもなく強いやつもおるのじゃ……」

——負けるわけにはいかない！

紅の仮面ライダーゴーストはガンマウルティマのボディーに強烈な正拳突きを放つ。しかし効いていない。必死で攻撃を繰り出す紅の仮面ライダーゴースト。

——武蔵、力を貸してくれ！

その思いに応えるように、蹴り飛ばされた武蔵の鍔からムサシゴーストが出現。

「武蔵見参！」

紅の仮面ライダーゴーストと共にガンマウルティマに二刀流攻撃を加えるムサシゴースト。さすがのガンマウルティマもたじたじとなり、防戦一方だ。

「何なんだこいつは⁉」

よろけるガンマウルティマ。

「今だ！」

紅の仮面ライダーゴーストは空高く飛び上がると必殺のキックを放つ。

「ぐわああ！」

ガンマウルティマは爆発、眼魂が砕け散る。

変身を解除した龍は、タケルの元へ向かおうとする。龍の姿が現れ、タケルはホッとする。

「父さん、ゴーストをやっつけたんだろ⁉」

目をキラキラさせているタケル。龍は微笑んで「そうだ」と答えようとする。

しかし、声にはならなかった。代わりに口から出たのは苦痛の叫びと血だった。振り返ると倒したはずのアデルのガンマウルティマが立っている。

「残念だったな、我々は死なないのだ」

高笑いしたガンマウルティマは変身を解除、アデルに戻る。

「父さん⁉」

「来るな！」

必死でタケルを押しとどめようとする龍。

「そいつはお前の息子か？」

アデルはタケルに近づこうとする。

「よせ！」

もはや立ち上がることもできない龍。しかしタケルを守ろうと必死で這ってゆく。その姿を見ていたアデルの心にメラメラと嫉妬と憎悪がわいてくる。

「貴様、その体で子供を守ろうというのか⁉」

自分の父、アドニスと比べてしまうアデル。かつて母親が亡くなったとき、自分のことを見捨てて立ち去った父親。

「父上、どこへ行くの⁉　父上！」

アデルは必死で父に呼びかけたが、アドニスは振り返らずそのまま部屋を出ていった。

それ以降、父親の心には理想の世界を創ることしかなかった。アデルは母親を亡くしたときに、父親も失ったと思っていた。

「ふざけるな！　ゆるさん！」

血走った目で激高するアデル。ガンマウルティマに変身！　タケルに強烈なキックを放つ。しかしそれを受けたのは龍だった。最後に残った力でタケルを守ったのだ。

「おのれ！」

ガンマウルティマは怒りの叫びを上げ、タケルを攻撃するため、拳を振り上げる！

タケルは動かなくなった父親にすがって泣いている。

「父さん、父さん！……」

その姿を見ていたガンマウルティマは、ゆっくりと手を下ろし、変身を解除する。

──殺してしまってはつまらない……そう思ったのだ。

「悲しむがいい、自分を守れなかった父親の情けない姿を心に刻め、フフフ」

笑ったアデル、姿を消す。

瀕死の状態の龍が目を開けると、目の前に武蔵の鍔が落ちている。

それを握る龍。その向こうにタケルのおびえた表情が見える。

龍は鍔を持った手を伸ばす。

「タケル……英雄の心を学び、心の目を開くのだ」

タケルが必死でうなずき、鍔を受け取る。

──偉いぞ、タケル……

「父さん！」

タケルは涙を必死でこらえている。

龍がふと気づくと、目の前に百合が立って微笑んでいるではないか。タケルには見えていないようだ。

──百合……俺たちの思いはタケルが受け継いでくれる。きっとタケルが未来を創ってくれる……

龍は微笑んで息を引き取った。

大天空寺の地下研究室にいた五十嵐も西園寺に襲われ、瀕死の重傷で入院してしまう。

そのときに西園寺は研究室を破壊し、英雄の遺物を持ち去ってしまった。

だが、西園寺はその遺物から英雄を召喚して英雄眼魂を創りだすのに苦労し、十年の時間がかかってしまう。

ガンマ世界ではアドニスの心に迷いが生まれていた。

まるで取り憑かれたように地球侵攻に邁進するアデルを見ていると、本当にこれでよかったのだろうかという思いが溢れてくるのだ。

——理想の世界を創り上げたはずだ……

アデルの目の奥には何か別の思いがあるように思えてならなかった。自分の息子が何を考えているのかすらわからなくなっていた。

——その代わりに家族がバラバラになってしまった……

心などいらないと宣言したはずなのに、地球で暮らしていた頃のことを思い出してしまうアドニス。皆で泣いて笑って、家族が皆助け合って精いっぱい生きていたあの頃……、辛くとも本当の笑顔に溢れていたあの時代……

孤独に物思いにふけるアドニスを見つめる二つの影……イーディスとアリアだった。

「何をお考えになっているのか……」

「私たちが父上を支えてゆかねばなりません。たとえどんなことがあっても、最後の最後まで……」

イーディスはアリアの言葉に深くうなずいた。

龍の死によってすべてが止まってしまったかに思えた。

しかし大天空寺にはかつて龍に救ってもらった青年が現れ、住み込みで修行を始める。

モヒカンの頭を丸め大天空寺にやってきた山ノ内御成《やまのうちおなり》だ。後に御成はタケルのかけがえのない仲間となり、アカリと共にガンマと闘うことになる。

仙人も諦めたわけではなかった。

タケルの成長を見守りながら、英雄眼魂を最も効果的に使える新しいドライバー・眼魂ドライバーGの開発に着手、それと共に秘めた能力を引き出す危険な眼魂・ディープスペクター眼魂の開発にも乗り出していた。

仙人の横ではユルセンが相変わらず減らず口をたたいている。

「無理してない？　本当に創れるの？　怪しいなあ～」

「うるさい！　わしに任せておけ！」

――すべては十年後……


地球侵攻をたくらむガンマは、異世界からの魔・『眼魔《ガンマ》』となった。

そして、十八歳の誕生日を迎え、青年となったタケルの元に龍からのブランクゴースト眼魂が届く。

仮面ライダーゴーストの物語の始まりだ。

第三章　タケルとクロエの再会

「タケルいる？」

月村《つきむら》アカリが大天空寺《だいてんくうじ》の母屋へ入っていく。大学を卒業したアカリだが、その後も研究室に残り眼魔《ガンマ》世界の科学の研究を続けていた。今週末はフミ婆の三回忌なのでそのことを相談に来たのだが、天空寺タケルの姿が見当たらない。探し回って本堂にやってくる。

「御成、タケルはどこ？」

座禅を組んでいた御成は自分の真上を指差した。

「まったく、本堂の屋根に登るなど、なんと罰当たりな！」

「屋根⁉」

表に出て見上げると、確かにタケルが寝転んで空を見上げている。

大学生になったタケルは幼い雰囲気が消えずいぶん大人びて見える。

御成がため息をつく。

「最近、タケル殿は天気がいいと、ああやってることが多いのですよ」

「何してるの？」

「さあ」

タケルの視線の先には雲一つない真っ青な空が広がっていた。

――今、どこで何をしてるんだろう……

このところ、タケルの心である人物がどんどんその存在感を増していた。まだ数回しか会ったことがない相手、でもどうしても忘れられないのだ。特に青い空を見ると思い出してしまう……

「タケル、降りてきなさいよ！」

アカリの声で我に返ったタケルは下に降りてゆく。

怪訝そうなアカリがタケルを待っていた。

「タケル、何かあったの？」

「別に」

「嘘だ。いつからのつきあいだと思ってるの。だいたい、あんたは隠し事ができないタイプなんだから」

「空が青いなって思ってさ」

「誤魔化さないで」

「ホラ、綺麗な青空だろ？」

「私にも言えないようなことなの？」

「気持ちいいよねえ」

「タケル！」

「ごめんごめん。眼魔の空が青くなったときのことを思い出してただけさ」

そう言うと、タケルは母屋のほうへ去っていく。

「拙僧の大活躍を思い出していたのですかな?」

アカリとイゴールが開発したスカイフォーミング青空7号によって、眼魔の赤い空は青く変わった。そのとき、御成は珍しく大活躍したのだ。

「眼魔の青い空……」

アカリが思い出すように呟いた。

「タケル殿も色々活躍しましたけどね、ホラ、あの強い女の子相手に……」

——タケル……

アカリは黙ってタケルの後ろ姿を見つめていた。


大天空寺のある街から車で一時間ほど行った隣町にそのホールはあった。

タケルとアカリがこの街を訪れるのはこれで二度目、最初は福嶋フミ、通称フミ婆のお葬式だった。

生前のフミはたこ焼きの屋台をやっていた。二人が小さい頃から美味しいたこ焼きを焼いてくれたフミ婆、今日はその三回忌法要。会場は小さなセレモニーホールだった。御成は一足先に会場へ行っている。

「もう二年も経ったのね……」

アカリが感慨深そうに呟いた。

「俺たちにとっても大切な人だったけど、特にアランにとっては……」

かつて、眼魔世界から地球侵攻の命を帯びてやってきたアランは、それを阻止しようとする仮面ライダーゴーストであるタケルと壮絶な闘いを繰り返した。

しかし、その中でフミ婆と出会ったアランは、やさしく温かい彼女とふれあうことで、心などいらないと頑なだった考えを徐々に変えていったのだ。

「あいつ、フミ婆からもらったセーターをずっと大切に着てたよな」

「そうね……」

しみじみとアカリがうなずいた。

――眼魔の軍服を着ていたアランが、フミ婆からもらった緑のセーターに着替えたのはいつだったっけ……。

アカリがぼんやりと思い出しているとタケルが嬉しそうな声を上げた。

「カノンちゃんだ！」

道の向こうからカノンが歩いてくる。カノンもタケルたちに気づき、手を振っている。

「カノンちゃんも元気そう」

「アランがいっしょじゃないなんて珍しいな」

タケルも笑顔で手を振り返した。

カノンの話では、アランはカノンを地球に連れてきたが、眼魔の用のためにいったん戻り、式に間に合わないので後で墓参りに来るとのことだった。

フミ婆の三回忌は、親類の他にも親しかった人たちやフミ婆を慕っていた客たちが集まり、生前の人柄が偲ばれる暖かい法要だった。

「今日はお婆ちゃんのために来てくれて本当にありがとう」

孫の福嶋ハルミは絵の個展を開いたことがきっかけで評価され、画家としての道を歩んでいた。恋人もできて幸せそうだ。でも絵を描かなければならず、フミ婆のたこ焼き屋をあまりできないのを残念がっていた。

亡くなったフミ婆もずっと絵を描いていたが、元はアランが眼魔から地球の様子を偵察にやってきたときに少女時代のフミと出会い、その絵を誉めたことが始まりだった。フミの初恋の相手がアランだったのだ。

ハルミへの挨拶を終え、タケルとアカリがホールを出ると、カノンと御成が待っていた。

「タケル殿、よい法要でしたな」

御成が満足げにうなずいている。

「御成さんがお経をあげればよかったのに」

「めっそうもない。拙僧はまだ修行中の身ですからな」

カノンの言葉を慌てて御成が否定した。

「聞きましたよ、御成さん。大天空寺に戻ったんですって？　ジャベルさんと仲直りしたの？」

「仲直りなどではありません。第一、もともと喧嘩などしておりませんからな」

御成の言葉はある意味正しかった。眼魔との闘いが終わり、眼魔の戦士だったジャベルが大天空寺で修行を始めると、そのストイックな性格が修行にマッチして、寺で働くシブヤとナリタの尊敬を集めてしまった。それに比べ、御成は口ばかりでなかなか行動が伴わない。

「しっかりして下さい」

次第にジャベルが御成のやっていることに口を出すようになったが、どれもジャベルの言うことのほうが正論だった。

――拙僧のほうが先輩ですぞ！

御成はそう思ったが、ジャベルが正しいから言い返せない。次第に居場所を失った御成は、自ら寺を出て『不可思議現象研究所』を外で続けることにしたのだ。喧嘩ではなく、単に御成が逃げだしただけのことだった。

だが、御成がダントンが細工したスカイフォーミング青空7号を命を賭けて元に戻して眼魔世界を救ったと知り、ジャベルの御成を見る目も変わってきた。御成はこれ幸いと『不可思議現象研究所』と共に寺に戻ることにしたのだ。

「タケル殿を立派な住職にすることが先代への恩返し。拙僧の責務。ゆえに寺に戻ることにしたのです」

口では強がっているが、御成も寺を離れて寂しかったのだ。

カノンがアカリに聞く。

「大学の研究は忙しいの？」

「もう大変よ。色々やることがあって、眼魔の科学はとっても興味深いわ」

「そんなんじゃ彼氏とかできなくない？」

「そんな暇ないわよ」

アカリは笑いながらチラリとタケルを見る。タケルは屈託なく笑っている。

それを見た御成が意地悪げに言う。

「アカリ殿にはイゴール殿がいるではありませんか」

「何言ってるのよ、イゴールは共同研究者。全然そういうのじゃないから！」

「そうでしょうか、拙僧は怪しいと睨んでおりますぞ」

「いい加減にしないと怒るわよ！」

「むきになるところも怪しい」

睨み合った両者をタケルが分ける。

「こんなところで喧嘩しないでくれよ」

「タケル、絶対に違うんだからね」

「私もイゴールさんはアカリさんのことが好きなんだと思ってたけど」

カノンが真顔で言った。

「もう、だから違うんだって！」

必死で否定するアカリだが、言えば言うほどドツボにはまってゆく。なんとか話をそらそうと、アカリはデミアのことを持ち出す。

「そう言えば、最近とっても売れてるビルズシステムって知ってる？　あれって、ビルズさんがデミアを安全に進化させて発売したものなのよ」

「デミア！　おぞましい。大丈夫なのですか？」

御成が眉をひそめる。

「もともとは夢のあるシステムだもの。安全に使えば問題ないはず。ものすごく性能が進化してるってイゴールも言ってたし」

「ほう、イゴール殿が」

ニヤニヤ笑う御成を無視して、アカリがカノンに尋ねる。

「カノンちゃん、眼魔での生活はどう？」

「うん、楽しくやってる。アラン様は忙しいから、私にできることはなんでもお手伝いしてる」

カノンは本当に楽しそうだ。

「タケル君はどう？　大学は楽しい？」

「ああ、俺も楽しくやってるよ」

「楽しくでは困ります。しっかり勉強してもらわないと困りますぞ、タケル殿」

「御成が相変わらず口うるさくてかなわないよ。いないときは静かで平和だったのに」

「なんですと⁉」

「冗談だって」

思わずアカリも口を挟む。

「大学の単位も落とさないようにね」

「はいはい。口うるさいのがもう一人いた」

「なによ、私はタケルのことを心配して言ってるの。泣きついてきても、レポート教えてあげないわよ」

「ごめん、ごめん」

「相変わらず仲がいいのね」

カノンが嬉しそうに微笑む。

「まあね……」

アカリの気持ちは複雑だった。子供の頃からいっしょにいるタケルのことは何でもわかっているつもりだった。なのに、最近のタケルは……見るとタケルが大きくのびをしている。

「気持ちいいねえ」

タケルは平和で幸せな時間に感謝していた。

——生きかえることができて、本当によかった……

タケルは、皆の協力で取り戻すことのできたこの命を、未来へ繋げてゆくことが自分に与えられた使命だと思っていた。

ふと空を見上げると今日も雲一つない青い空が広がっている。

——あのとき見上げたのもこんな空だった……

それは眼魔の赤い空が青空に変わった日のこと、クロエがタケルを襲っているときだった。

クロエが急に攻撃をやめたので、タケルが不思議に思って聞いた。

「……どうしたの？　また悲しい目をしてるね」

「……生きる意味がなくなった、父さんが死んだ……」

マコトがダントンを倒したことを察知したのだ。クロエにとって父親と慕うダントンこそが生きる意味だった。

「そうか……でも、君は君のために生きるべきだよ。その一歩を踏み出すんだ。その歩みが君の未来になるんだから。この世界もこれから変わる」

そう言うと、タケルは空を指差した。

青い空を見たクロエが聞く。

「……あなた名前は？」

「俺はタケル、天空寺タケル」

その後、クロエは姿を消してしまった。

——元気でいるだろうか……

タケルの心でどんどん存在感を増していたのはクロエだった。

アカリはなんとなくそのことに気づいていた。

——タケルがまた空を見ている……

アカリは気になって仕方がない。

――タケルのことを心配しているだけ、それだけよ。あんな女の子とつきあったら、タケルに何が起こるかわかったもんじゃないし……

そう自分に言い聞かせていた。

フミ婆の墓は実家近くの菩提寺にあった。

タケルがやってくると、アランがフミ婆の墓前に手を合わせていた。

「アラン、元気そうだな」

「間に合わなくてフミ婆には申し訳ないことをした」

「きっとフミ婆も喜んでるさ」

タケルも手を合わせた。

「皆は大天空寺に戻ったのか？」

「ああ、今日は宴会だって御成が張り切ってるよ」

「相変わらずだな」

アランが楽しそうに笑う。

「アラン、マコト兄ちゃんは今どうしてる？」

ダントンを倒し、眼魔世界の赤い空を青くすることに成功した後、マコトは誰にも告げずに一人旅立っていった。自分がダントンによって創られたデザイナーベイビーのクローンだと知ったマコト……

タケルはずっとマコトのことが気になっていた。

「マコトは眼魔の世界を放浪している。そこで暮らす人々を助けているらしい……」

「マコト兄ちゃんが⁉」

その頃、眼魔世界の辺境で歩き疲れたマコトがその足を止め、フーと一息ついた。

「今日はフミ婆の三回忌か、皆集まってるんだろうな……」

仰ぎ見ると青い空がどこまでも広がっている。植物が何も生えていなかった山々にも、少しずつ緑が戻ってきている。

――アランの願いが叶おうとしている……これがアランの宝物……

アランにはアランのやるべきことがあるように、自分には自分のやるべきことがあるはずだと、マコトは一人放浪しながらそれを探していた。

ある日、病気で苦しんでいる人たちと遭遇した。自分にはどうすることもできないと思っていたマコトだが、苦しむ人々を前にして、気づくと彼らを治療していた。

「なんで俺にこんなことができるんだ⁉」

マコトにもわけがわからなかった。だが、ダントンの言葉を思い出す。

「覚醒すればお前にもできる」

そう言っていたダントンの言葉は嘘ではなかったのだ。マコトはダントンによってデザインされ生まれた。それまで隠されていたその能力が、シンスペクターとなったことが引き金となり覚醒したのだ。

強靱な体力と明晰な頭脳を持つ完璧な人間へと進化していたマコト。それゆえ、インプットされていた医学や科学の知識も使えるようになっていた。

思わぬ自分の進化に当初は思い悩んだマコトだったが、

「ありがとうございます」「助かりました！」

そうマコトに感謝する人々の本当に嬉しそうな笑顔を見たとき、マコトは思った。

――この笑顔のために頑張ってみるのも悪くない。俺にしかできない、俺の方法で……

ダントンや大悟のように、科学者として、医者として、眼魔の世界で苦しんでいる人たちを助けようと決意したのだ。

アランからマコトの話を聞き、タケルは微笑む。

「よかった、マコト兄ちゃんらしいよ」

アランも同意してうなずく。

「アラン、そっちは順調なのか？」

タケルに聞かれ、アランの顔が一瞬曇った。タケルはそれを見逃さなかった。

「どうした、眼魔に何かあったのか？」

「いや……眼魔は問題ない。問題なのは……私だ」

そう言うとアランは空を仰いだ。

「タケル、私はカノンと結婚したいと思っている。カノンを幸せにしてやりたい」

「よかったじゃないか！　おめでとう！」

タケルは無邪気に喜ぶが、アランは困った顔をしている。

「私は本当にカノンと結婚していいのだろうか」

アランの言葉に驚くタケル。

「何を言ってるんだ。お似合いだよ。カノンちゃんだってお前のことを愛してくれてるだろ？」

「ああ……」

「だったらなぜ？」

「最後の闘いのとき、アデル兄上にも新しい家族を作れと言われた。私も作りたいと思う……。だが、私の家族を見ろ。確かに昔は幸せだった。だが、結局、家族同士で闘い、家族同士で憎み合った。自分が兄上たちにしてきたことを考えると……」

アランがタケルをじっと見つめる。

「こんな私が幸せな家族を持てると思うか？」

タケルは黙ってアランを見つめ返す。アランが感じている不安がタケルにも痛いほどわかった。タケルは友のために自分が思っていることを伝える。死んで生き返ったタケルだからこそ思うことを。

「人間はいつ死ぬか分からない、だけど自分に挑んでいれば、その時が来てもけっして後悔しないと思うんだ」

それを聞いてアランが呟く。

「不安に押しつぶされるってことは、闘わずして負けるってことか……」

タケルがうなずく。


アランがタケルと共に大天空寺に戻り、アカリたちと久々の再会を喜んでいると、御成の携帯電話が鳴る。

発信元を見ると『不可思議現象研究所』の所員、小野寺《おのでら》からだった。小野寺は郵便配達員をしていたが、それを辞め、今は『不可思議現象研究所』の所員として働いている。

御成が電話に出ると、小野寺の興奮した声が耳に飛び込んできた。

「大変です！　街で大変なことが起こってます！」

小野寺の話を聞き終えた御成が電話を切って皆のほうを見る。

「不可思議現象発生ですぞ！」

御成は興奮を抑えきれない様子だ。

「街で車が次々にひっくり返っているというのです！　大事件ですぞ！」

「そういうの前にもあったけど、まさか……」

アカリが不安げにアランを見た。

「あれは我々眼魔の仕業だったが、今回のは違う。そんなことをする奴はもういない」

アランが否定すると、御成が詳細を話し出した。

「女性だそうです、一人の女性が次々に車をひっくり返していると」

「女性が⁉」

思わず聞き返したタケルに御成がうなずく。

「でも、車をひっくり返すなんて、そんなことができるのは人間とは思えません。これは不可思議現象研究所の出番ですぞ！」

だが、タケルはそれができる女性に一人だけ心当たりがあった。

――まさか彼女が……

タケルは迷わず言う。

「俺も行く！」

現場は交通量の多い国道の交差点だった。

交差点の真ん中を避けて空けたように、周りにひっくり返った車が何台も転がっている。救急車が駆けつけ怪我人を搬送しているが、幸いにも致命傷を負った者はいなさそうだった。

目撃者から話を聞いている警官はしきりに首をかしげている。

「……ってことは、その女性は信号無視をして交差点を渡ろうとしたわけですね」

「車がビュンビュン通ってるのに出ていってさ」

「で、衝突しそうになったら車がひっくり返ったと？」

「ビックリだよ、あっという間の出来事だったなあ」

「その女性はどうしたんです？」

「気づいたらいなくなってた」

「本当ですかぁ？　本当に女の人がいたんですか？」

「本当だよ！　信じてよ」

だが、警官は信じていない様子だった。

やりとりを立ち聞きしていたアカリがタケルたちの元へ戻ってくる。アランとカノンもタケルや御成といっしょに来ている。アカリは聞いたことを皆に報告する。

「わかった！　その女性は自分の周りに結界を張っていたのです。車はその結界ではじき飛ばされたに違いありません！」

御成が自信満々に答えたが、アカリが即座に否定した。

「それを言うならバリアでしょ。それに見てよ、あの車のへこみ方……」

転がっている車を見ると、どれも強い力で押されてへこんだ跡があるが、中にはボディーのサイドがへこんでいる車もある。

「バリアに突っ込んだならどれもフロントが潰れているはずでしょ？」

「サイドから突っ込んだとか……それはないか」

「力でひっくり返したとしか考えられないな」

アランが答えると、タケルもうなずき断言する。

「こんなことができるのはクロエしかいない」

「クロエって……ダントンの娘だと名乗ってた……」

「うん。……そうか、彼女、こっちに来てるんだ」

タケルの声が少し嬉しそうで、それがアカリには面白くなかった。

「なんか喜んでない？　タケルのことを倒そうとした相手なんだよ」

「そうだけど、彼女に闘いは似合わないよ」

「……どう思う？」

「まあ、確かに美人さんですしねえ」

御成がニヤニヤしながらアカリを見ている。

「美人と闘いは関係ないでしょ。彼女は敵だったの、今でも向こうはそう思っているかもしれないでしょ」

「でも強いし、タケル殿にはお似合いかも……」

御成はますますニヤニヤする。

「やめなさいよ、そのにやけ面！」

「これは拙僧の生まれつきの顔でして」

「生まれ直したら？」

「気に入っているので結構です」

顔をつきあわせ、くだらないことを言い合うアカリと御成にアランはあきれている。

「本当、相変わらずなんだな」

「なんだか嬉しいです」

カノンも相変わらず天然だ。

そんな四人をよそにタケルはクロエのことを考えていた。

「どこに行ったんだろう、クロエを探さなきゃ」

「本気？」

思わずアカリが聞き返した。

「これ以上事件を起こさせるわけにはいかないだろ？」

そう言われるとアカリも言い返せない。

「まあそうだけど……でも気をつけなさいよね、タケルはお人好しなんだから」

素直に心配していると言えないアカリ。


「でも、どうやって地球に来たんだろ？」

クロエにはゲートを創ることはできないはずなのだ。そのときカノンが思い出した。

「アラン様とこっちに来たとき、私、閉まったゲートのほうを振り返ったの。そしたら遠くに去っていく女の人の後ろ姿が見えたけど……」

「そうか、彼女は私が創ったゲートを、私たちの後から時間差で通ってきたのかもしれない」

アランにはそうとしか考えられなかった。

「でもどうして地球へ来たの？　心当たりある？」

アカリがタケルのほうを見た。しかしタケルは聞こえていないのか、アカリの問いには答えず、何か思い出したのかクスッと笑った。

「!?」

かつてクロエと対峙したとき、タケルは自ら闘うのをやめた。クロエの目を見て彼女に闘いは似合わないと思ったからだ。

「だって、君は悲しい目をしてる」

本心から言った言葉だが、言葉だけ見るとちょっとくさいかも……そう思ってタケルはクスッと笑ってしまったのだ。

――彼女は今もあの目をしているのだろうか……

その街で一番賑わっているのは歓楽街の一帯だった。立ち並んだ居酒屋や飲み屋、キャバクラにクラブ、様々な風俗店も見受けられる猥雑な街。夜になり、営業を開始した店のネオンが不夜城を煌々と照らしている。

一画では客引きの男たちが若者を居酒屋に誘っているが、なかなか金額で話の折り合いがつかないようだ。その横ではナンパ目的の男たちが道ゆく女性を品定めしている。

路地ではすでに酔っぱらってしまったサラリーマンがフラフラと倒れて尻餅をつき、上司の悪口を吐き出している。

そんな街にクロエはいた。

「天空寺タケルはどこ？」

クロエは誰彼かまわず声をかけては同じ問いを繰り返している。

「天空寺タケルはどこ？」

クロエはタケルの手がかりを得るため、人が一番多くいるここへやってきたのだ。しかし、声をかけられた相手はなんのことかわからず面食らってしまっている。

「誰それ？」

「それってお寺？　観光スポット？」

「知らないわよ」

「新手の客引き？」

「いりませんから」

手がかりはなかった。

歩道の真ん中に立って行き交う人を見ているクロエは、その美貌ゆえに目立った。一人の男がクロエに近づいてくる。

「ねえ彼女、どうしたの、何か探してるの？」

「天空寺タケルはどこ？」

「天空寺？」

「天空寺タケル」

「ああ、天空寺タケルね！」

男は思い出したように手を打った。

「知ってるの？」

「もちろん知ってるよ、俺、マブダチだから」

「マブダチ？　なにそれ？」

「よーく知ってるってこと。今から呼び出してやるからさ、天空寺が来るまでいっしょにどっか行こうよ」

「来るまで待ってる」

「いいからいいから。ホラ、いっしょに行こう」

男がクロエの肩を抱いて歩き出そうとする。クロエがその手を軽く叩いた。しかし見た目とは裏腹にかなりの衝撃だった。

「痛え！　何すんだよ！」

「天空寺タケルを呼んで」

「知らねーよ、そんな男！　いいから来いよ！」

今度は無理矢理連れていこうとするがクロエはびくともしない。

「な、なんだ⁉」

クロエは困惑する男の腕を掴むとブンッと放り投げた。男は壁に吹っ飛び、潰れたカエにのびた男を見ている。
近くを歩いていた若者たちは何が起こったのか理解できず、口をあんぐりと開け、地面
「知らないのになぜ知ってるなんて嘘をつくの？」
ルのように気絶した。

クロエの姿はすでに消えていた。


タケルに言われた言葉がクロエの頭の片隅にずっと引っかかっていた。

──君は君のために生きるべきだよ。

あれはいったいどういう意味なんだろうかと考えたが答えが見つからない。

ダントンに依存して生きてきたクロエにとって、自分のために生きるということの意味がわからないのだ。考えれば考えるほどわからなくなってしまったクロエ。

──天空寺タケルにもう一度会いたい……

タケルにその真意を聞こうと思ったが、タケルは眼魔世界から地球に戻ってしまっていた。それでアランたちが地球にやってくる機会をうかがい、ゲートに飛び込んだのだ。

──自分のために生きるって、何なの？

今はタケルに会うということが、クロエを動かしている原動力だった。

　ふと気づくとクロエはホストクラブの前にいた。男たちの写真が並んだボードを不思議そうに見つめるクロエ。客引きのホストがめざとく見つけて声をかけてくる。

「気に入ったのがいた？」

「天空寺タケルはどこ？」

「そういう奴はうちにはいないけど。どうぞ、遊んでいこうよ。生きてる実感味わえるよ」

「……生きている実感？……」

　クロエの脳裏をまたタケルの言葉がよぎった。

──君は君のために生きるべきだよ。

「ねえ、自分のために生きるってどういうこと？」

　クロエの質問にホストはためらわずに答える。

「そんなの簡単だよ、楽しむってことだよ。ほら、入って入って」

　クロエがホストと共に店に入っていく。


　と、そこに入れ違いでタケルがやってきた。

　ナンパしてきた男を投げ飛ばして壁に叩きつけた女がいると、気絶した男の写真付きでＴｗｉｔｔｅｒで流れているのをナリタが見つけたのだ。

「クロエじゃなかったのかな……」

ホストクラブを一瞥するタケル。

——こんなところで遊んでるわけないし、どこに行ったんだ？……

タケルはクロエを探して歩いていく。

そのホストクラブの中にはクロエ以外に客がいなかった。ホストたち四人がクロエのテーブルに座って盛り上げている。

「今日は君がお姫様だ！」

「俺たち独占されちゃった！」

「ピンドン、入れちゃう？」

「生きてる実感味わっちゃえ！」

ホストたちはクロエが黙っているのをいいことに次から次へと高い酒を注文してゆく。

いつの間にかクロエの前にはシャンパンタワーができていた。

ホストの一人が音頭をとって全員でコールを始める。

「行くぜ！　行くぜ！　行くぜ！　行くぜ！

魂込めたシャンパンコール！

姫にささげるシャンパンコール！」

と、その途中でクロエがすくっと立ち上がった。

「姫、どうしたの？　まだ続きがあるからさ」

座らせようとするホストを押し返すクロエ。

「くだらない。これのどこが生きる実感なの？」

「お気に召さなかった？　残念だなあ〜」

クロエは黙って入り口へ向かう。と、ホストたちが前に立ち塞がった。

「お帰りなら、お会計をお願いします。三百五十万ね、安いっしょ？」

完全なぼったくりだった。高級シャンパンも中身は偽物だった。

「なにそれ？」

「お金だよ」

「お金？　そんなものは知らないわ」

眼魔世界で暮らしていたクロエにはお金という概念がなかった。

「ざけんなよ！」

つかみかかってきたホストを振り払うクロエ。ホストはボトルを並べたガラス棚にぶつかり、ガラスが大きな音を立てて割れて崩れた。

表に出てきたクロエをホストたちが追いかけてくる。応援を呼んだのか、暴力団風の男を含めて五人になっている。裏道で五人がクロエを取り囲んだ。

「逃げられると思うなよ！」

「店の弁償と治療費含めて百万追加だ！」

暴力団風の男が一歩前に出た。

「お嬢さん、おとなしくこいつらの言うこと聞いて払ったほうが身のためだよ」

だがクロエは黙っている。

「連れてけ」

男の命令でホスト三人がクロエを拉致しようと近づいた。しかしクロエに手を触れた瞬間、三人とも吹っ飛んで転がっていた。

「なんだこいつ⁉」

「今のは柔術か⁉」

暴力団風の男がナイフを取り出した。ホストもアイスピックを突きだしてクロエを脅そうとしたが、あっという間に手を取られ、後ろに捻られ悲鳴を上げる。ボキッという鈍い音がして骨が折れた。

「うあああ！」

苦痛で顔がゆがむホスト。

「てめえ！」

ナイフを振り回す男。クロエはすぐ横にあった道路標識をボキリと折って、それで男を打ちのめした。

「ぐわああ！」

男の頭から血が吹き出た。

「ば、バケモノ！」

「バケモノだぁ！」

ホストたちは命からがら逃げ出した。それを見ているクロエは、ふと思い出す。

——そう言えば、天空寺タケルは「君に闘いは似合わない」なんておかしなことを言ってたっけ……。あれはどういうことだったんだろ？

ボーッと立ったまま考えているクロエ。

騒ぎを聞きつけた野次馬がいつの間にか遠巻きにしている。

駆けつけてきた警官が、拳銃を抜いてクロエへ向けた。

クロエの足下には頭から血を流した男が倒れている。

「その男から離れろ！　抵抗をやめて、おとなしくしろ！」

クロエは答える代わりに手にしていた標識を警官めがけて投げつけた。警官の足下のアスファルトにザクッと標識が突き刺さる。あまりのことに警官は拳銃の引き金を引いてしまった。

パンッ！　パンッ！

乾いた音がして、銃弾がクロエの頬をかすめた。

ガンマ百年戦争を闘っていたクロエにとって、攻撃されたらやり返す、これは無意識の反射行動だった。

グッと力を入れると、クロエのリアクターから伸びる首の血管が濃く浮き上がった。ビルの三階まで高くジャンプしたクロエは、驚いて自分を見上げている警官めがけてキックを放つ。

「ひいいい！」

必死で逃げた警官は間一髪でキックを避けることができた。その代わり警官のいた場所にはクロエのキックで大きな穴が開いている。

「逃げろ！」

警官の声で我に返った野次馬が我先にと逃げ出した。パトカーのサイレンの音がいくつも聞こえてきた。

クロエが表通りに出ると、そこにはパトカーのバリケードができていた。車の陰やジュラルミンの楯の後ろで警官たちが銃を構えている。

「そこで止まれ！　おとなしく投降しろ！　抵抗すると撃つぞ！」

刑事がスピーカーで呼びかけるが、クロエはなぜ自分が攻撃されているか理解できないでいた。

──天空寺タケルに会いたいだけなのに……

クロエは近くに止めてあった宅配の車に手をかけた。力を入れるとリアクターから伸びた血管がさらに濃くなった。車を軽々と持ちあげるクロエ。

警官たちに『おおーっ』という驚きの声が広がる。

そのどよめきが静まる前に、宅配の車は一台のパトカーの上に落ちてグシャッと潰れた。クロエが投げたのだ。どよめきは悲鳴に変わった。

「撃てぇ！」

号令と共に警官たちが一斉に発砲する。

目にもとまらないスピードで弾を避け、パトカーを破壊するクロエ。信号機をもぎ取って振り回し、警官たちを排除しようとする。

リアクターから伸びる黒い血管が隆起して、まるでツタのようにクロエの首に絡まっている。しかもそれがどんどん顔まで伸びてゆくではないか。

窓ガラスに映った自分の顔を見てハッとするクロエ、黒い血管のせいでまるで別人だ。

というより人間とは思えなかった。

――こんなこと、今までなかった……

と、ビルの上から殺気が！

「⁉」

見上げると、ビルの屋上で特殊部隊の狙撃手がライフルを構え、クロエに照準をあわせている。

二つのビルの間でジャンプを繰り返し、ビルの屋上へと昇ってゆくクロエ。

狙撃手の前に降り立つと、ライフルを二つにへし折った。

「た、助けてくれ！」

狙撃手は死にものぐるいで逃げてゆく。

見下ろすと、道路にはさらに警察車両が増えている。遠くからもどんどん駆けつけているのが見える。マスコミのヘリも三機飛んできた。付近一帯は物々しい雰囲気に包まれている。

――天空寺タケル、これが答えなの？

クロエは自問自答していた。

「生き残るために闘う、それが自分のために生きるってこと？」

テレビ局のヘリがクロエを撮影しようと接近してきた。爆音と爆風がクロエを包む。

——うるさい……

ヘリを睨んだクロエ、ヘリに乗り込もうとジャンプする。しかしヘリに手がかかる寸前で失速、クロエは地面に向けて落下してゆく。

——嘘だ⁉

まさか届かないとは思っていなかったクロエ。

「落ちてくるぞ！　逃げろ！」

下にいた警官たちが慌てている。まるで飛び降り自殺をした人のように、パトカーのボンネットの上にズドンと落ちるクロエ。そのまま地面に転がり落ちて動かなくなった。

恐る恐る警官たちが近づこうとすると、クロエがむくりと起き上がった。

「い、生きてるぞ！」

その頃、タケルは商店街を歩いていた。

若者たちがコンビニの前でたむろしながらスマホを見ている。

「すげえ、これ、すごくない⁉」

「マジでかっけー！　リアルタイムだろ、この映像？」

「こいつ、女だよな、人間か？」

「違うだろ、こんな死なない人間いねーよ」

その言葉を聞いてタケルはハッとする。若者たちに声をかけるタケル。

「その映像、ちょっと見せてくれない？」

若者たちは嫌がったが、タケルは無理矢理のぞき込む。

スマホの小さな画面の中で、起き上がったクロエが顔を上げた。リアクターから伸びる血管が今まで以上に隆起して顔まで広がり、怪人のような形相になっている。

――これはクロエなのか？

タケルはその変わりように驚愕する。

よろよろと立ち上がったクロエ。包囲している警官たちがその範囲をジワジワと狭めてくる。

クロエは自分が落ちたパトカーを持ち上げようとする。警官たちが後退し、身構える。

グッと力を入れるクロエ、パトカーを持ち上げるが、投げることができない。そこまで力が出ないのだ。

――どうして？　どうして力が出ないの⁉

持ち上げたパトカーをその場に転がすクロエ。ゼイゼイと苦しそうにその場に座り込む。

タケルはバイクで歓楽街へ向かっていた。

――クロエにいったい何があったんだ？

映像を見る限り、尋常な状態でないことは確かだった。

――君はこんなことをしちゃいけない！　もうやめるんだ！

タケルが歓楽街に到着する。街は騒然としており、逃げ出してくる人々を警官が誘導していた。バイクを降りたタケルはその流れに逆らうように中心へ入ってゆく。

中心部は規制線が張られて中への立ち入りは禁止されていた。中へ入ろうとするタケルを警官が制止する。

「入っちゃダメだ！」

「行かなきゃいけないんです、友達が中にいて助けないと」

「だったらもう心配ないよ」

「え？」

「怪物は逃げたんだ」

「逃げた？」

「そうだよ、だからもう大丈夫」

――どこまでも向かってきたあのクロエが逃げるなんて……

タケルは嫌な予感がしていた。


夜遅く、タケルは大天空寺に戻ってきた。

アカリと御成にクロエの様子を話したが、アカリでもわからないという。

「おっちゃんに聞くしかないか」

タケルはイーディスこと仙人を居間に呼び出した。

あくびをしながら仙人がやってきた。

「おお～！　おっちゃん殿、お待ちしておりましたぞ！」

夜だというのにハイテンションで御成が出迎える。

「夜遅いよ～。テンション高いよ、おっちゃんは寝る時間だよ～」

愚痴る仙人にタケルが言う。

「おっちゃん、見て欲しい映像があるんだ」

それを聞いて仙人の目が急にぱっちりと開く。

「なになに？　お宝映像？　秘蔵映像？　誰のヌード？」

「違うよ。ふざけないでちゃんと答えて欲しいんだ」

「なんだよ、怖い顔して」

「今日、クロエが街に現れて騒動を起こしたんだ。そのときの映像を見て欲しい」

「クロエが？」

「うん……アカリ、頼む」

「わかった」

アカリがパソコンの映像を再生させる。その映像はクロエが警官たちから逃げる最後の部分だった。逃げずに現場に残っていた野次馬が撮影してネットにあげたものだ。

スマホで撮影された縦長の映像の中で、クロエが持ち上げたパトカーをその場に転がし、ゼイゼイと苦しそうに座り込んだ。

警官たちがジリジリと迫ってくる。サーチライトがクロエを浮かび上がらせている。包囲網があと数メートルまで縮まったとき、クロエが力を振り絞って立ち上がった。その顔はさらに全面に黒い血管が隆起している。

ギョッとした警官たちの隙を突いて、クロエは近くのビルにジャンプする。二つのビルの壁面でキックを繰り返して壁を昇るクロエ。最後は力尽きそうだったが、かろうじて屋上まで昇ることに成功する。

一瞬振り返ったクロエ。警察のヘリがサーチライトで追おうとしたが、クロエは夜の闇に紛れて姿を消してしまった。

アカリがパソコンの再生を止める。タケルが不安げに聞く。

「おっちゃん、どう思う？」

「うむ……これは問題だな」

「クロエに何が起こってる？」

「アカリ君、さっきのクロエの顔のアップをもう一度映してくれないか」

仙人に頼まれてアカリが映像を出す。

「彼女はダントンによって肉体を改造されている。それゆえ超人的な身体能力を持っているのは知っているな」

仙人の言葉にうなずくタケル、アカリ、御成。

「その力の源がリアクターだ」

「これですな？」

御成がクロエの心臓上部に取り付けられた赤いリアクターを指す。

「そうだ。これはダントンの不死身の組織と血液を利用して開発された。しかしリアクターは完璧なものではなかった。なぜなら、これは宿主の生体エネルギーを使いそれを増幅させる装置だからだ」

アカリがハッと気づく。

「それって、いつかはエネルギーが切れるってこと？」

「そうだ」

仙人がうなずく。しかし御成はまだわかっていない。

「それって……つまり……どういうこと？」

「つけてる人間の命を使い切っちゃうってことよ」

「ええっ⁉　それって一大事ですぞ！」

騒ぐ御成を仙人が制し、

「今のクロエがまさにその状態だな」

と、告げた。

タケルには信じられなかった。

「本当なのか、おっちゃん！」

「ああ、本当だ。この映像を見てみろ。リアクターがクロエの生体エネルギーを使い果たそうとしている。だから力を使うためのエネルギーを取り込もうとリアクターの血管が今まで以上に隆起しているだろ？」

「顔まで広がっているのもそのせいなのね……」

アカリが呟いた。

「そうだ。かわいそうに……だからわしはダントンの考えには反対だったんじゃ。わしの眼魂システムこそが最高の……」

タケルが仙人の言葉を遮った。

「おっちゃん！　すぐにクロエを見つけて連れてくる。だからリアクターを外してやって！」

仙人は困り顔でタケルを見つめ返した。

「残念じゃが、リアクターを外しても同じこと、彼女は死んでしまう」

タケルは信じようとしなかった。

「そんなバカなことってあるわけないよ！」

「タケル、それがダントンの施した改造手術なのだ」

「じゃあどうすればいいんだよ、おっちゃん!?」

それでも必死で食い下がるタケル。しかし仙人は黙ってしまった。

「………」

「おっちゃん！　なんで黙ってるんだ！」

「………」

「タケル殿、おっちゃん殿が困っておられますぞ」

御成に言われ、タケルもまた黙ってしまう。気まずい沈黙が流れる。

その頃、クロエは一人で夜の倉庫街を彷徨《さまよ》っていた。

顔を見られないようにフード付きの洋服を着て、闇を選んで歩いていく。

――父さん、どうして、どうして力が出ないの……

クロエは困惑していた。父親と慕うダントンが自分に施してくれた改造にほころびがあるとは微塵も疑っていない。

――父さん……

クロエは扉が開いている倉庫を見つけ、その中に入り込む。

倉庫の片隅で膝を抱え、一人震えるクロエ。


「わしにもどうすることもできんのだ」

仙人はすまないとタケルの肩を叩こうとしたが、ためらい、そのまま居間を出ていった。

アカリはパソコンを閉じてタケルを見やった。

「タケル……」

かける言葉が見つからなかった。仙人でも無理なものを自分がなんとかできるとも思えなかった。

――どうしようもないんじゃ、仕方ないわよ……

そう言おうとしたとき、タケルが立ち上がった。

「俺が彼女を助ける！」

「え？」

「俺が助けてみせる」

「タケル殿、わかってますか？　方法はないんですぞ？」

「そうよ、おっちゃんでもダメなのよ」

御成とアカリが諭そうとするが、タケルは聞こうとしない。

「何か方法があるはずだよ」

いつもならその前向き思考がタケルのよさだと言えたが、今日のアカリはやたらと腹が立った。

「なんでそんな無責任なこと言えるのよ！」

「無責任じゃないさ」

「無責任よ。助けられなかったらどうするの？　彼女は落胆するでしょ⁉　タケルだって傷つくでしょ⁉」

「俺は諦めちゃいけないんだ」

「え？……」

「思い出してよ。俺は何度も皆に助けられた。皆が諦めずに力をつくしてくれたからこうやって生き返ることができた。だから今度は俺が誰かを助けたい。それを諦めちゃいけないんだよ」

「タケル……」

御成が何度もウンウンとうなずく。

「確かにそうですぞ、アカリ殿」

「大丈夫、何か方法があるはず、俺は俺を信じるよ」

ニッコリと微笑むタケル。

「勝手にすれば」

苛《いら》ついているアカリを見て、御成が問う。

「手伝わないつもりですか？」

「手伝うわよ、誰が手伝わないって言った⁉」

食ってかかるようなアカリにたじたじの御成。

「怖いんですけど……」

タケルが街の地図を持ってきてテーブルに広げる。

「彼女は眼魔の世界から初めてこっちに来たんだ。しかも今はひとりぼっちで力も出なくて不安でしょうがないはず。見つけてあげないと」

「手分けして探すしかないわね」

「ナリタやシブヤにも手伝わせますぞ。小野寺も呼び出しましょう！」

タケルたちは二つのグループに分かれてクロエを探すことにした。

「じゃあ俺とアカリは港からこっちを探すよ」


まだ午前三時。

御成、ナリタ、シブヤ、小野寺の四人が懐中電灯片手に住宅街をクロエを探しながら歩いている。シブヤはプリントアウトしたクロエの写真を見ている。

「ナリタさん、クロエさんって今はこの写真の顔なんですか？」

顔中に黒い血管が伸びているクロエ……

「おっちゃん殿の話では、力を使ってないときは治まってるかもしれないと」

「もともとはとっても綺麗な人なんですよね？」

無理矢理起こされた寝ぼけ眼《まなこ》の小野寺が大あくび。

「あのさあ、これって残業だよね？」

「これは人助け。ボランティアですぞ。助け合いの精神こそ仏の道」

御成がぴしゃりとはねつけた。

「やっぱり転職間違ったかなあ？　ふああ～～うがっ⁉」

と、小野寺のあくびの口にナリタが懐中電灯を突っ込んだのだ。

「小野寺さんの喉で不可思議現象発生っす！」

モゴモゴする小野寺を見て笑っているナリタ。

「喝！　真面目にやりなさい！」

その大声に近くの家の明かりがつく。

「申し訳ない！」

コソコソと先を急ぐ御成たち。


人通りもなくひっそりとした港をタケルとアカリが歩いている。暗い港は街灯だけがぽつんと明るい。

建物の隅をのぞき込みながらクロエを探しているタケル。すでに三時間以上探している。

「どこに行ったんだ……」

「寝られる場所が見つかってるといいけど……」

「そうだね……」

タケルの心配そうな表情を見て、アカリはタケルが心からクロエのことを心配しているのだと改めて思った。

「ねえ、タケル？」

てくれる？

「タケルは……」

「何？」

――もし私が人間じゃない人殺しのバケモノになっても、こんなに必死で助けようとしてくれる？

そう聞こうとしたが言葉を飲み込んだ。

――バカみたい。タケルは必死で助けてくれる。たとえそれが私でも御成でも……

「何？」

不思議そうな顔でタケルがアカリの顔をのぞき込む。

「なんでもない。急ぎましょ、もうすぐ日が昇るわよ」

海を見ると水平線がぼんやりと明るくなっている。

倉庫の中で眠っているクロエ。力を使う必要がないせいで顔は元に戻っている。

物音にハッと目を覚まし身構える……それは猫だった。ニャ～と鳴いてクロエの様子をうかがっている猫。クロエもじっと猫を見つめる。

――お前は何のために生きてるの？

よく見ると、口に小さなネズミをくわえていた。クロエが手を伸ばすと、猫はサッと身を翻していなくなった。

──猫だって何をするべきかわかってるのに……

倉庫の外はすでに明るくなっていた。巨大なトレーラーが行き来する音が聞こえている。

クロエは立ち上がると、パーカーのフードを目深に被り外に出た。

早朝の倉庫街は人よりもトレーラーの数のほうが多いほどだった。ひっきりなしに荷物が運ばれてきている。

そのトレーラーが轟音を上げて行き交う中、クロエがフラフラと歩いていた。

ファアアーンと大きなクラクションを鳴らしてクロエを避けて通ってゆくトレーラーたち。

クロエは十字路の端に座り込んだ。

もはや彼女には自分の目の前を通り過ぎてゆくトレーラーも見えてはいなかった。

──私は何をすればいい？　父さんはもういないのに……

虚ろな心でその問いかけを繰り返していた。

そして、ゆっくりと立ち上がった……

タケルとアカリも倉庫街にいた。

「俺はこっちを探してみるから、アカリは向こうを頼む」

「わかった」

明るくなってからは、二手に分かれてクロエを探していた。

タケルは大きな十字路に向かって歩いていく。正面の道の向こうからひときわ巨大なトレーラーがタケルのほうへ走ってくるのが見えた。十字路前で立ち止まったタケルはその大きさに思わず感心してしまう。

——でかいなあ。

と、すぐそこ、十字路の右手角にある倉庫の向こうから、フラフラと人が出てきて道の真ん中へ向かうではないか！

深く被ったフードが風でなびき、その横顔が少し見えた。

「クロエ！」

変身している時間はなかった。

タケルは躊躇せず十字路へ走り出るとクロエを突き飛ばした。

トレーラーのクラクションが鳴り響く中、タケルはトレーラーと接触し、宙高く舞い上がった。

突き飛ばされて転がったクロエは、何が起こったのかわかっていなかった。

ただ、呆然とスローモーションのように飛んでゆくタケルを見ていた。

我に返ったのは、タケルが道に落ちてドスンと鈍い音がしたときだった。

クロエはようやく何が起こったかを理解した。

――なんでタケルが⁉

「タケル！」

急いで立ち上がってタケルの元へ走り寄ろうとするが、力が入らず転んでしまう。

「タケル！」

声を限りに叫ぶクロエ。

倒れたタケルの向こう、遠くからアカリが走ってくる。

トレーラーの異様なクラクションに何か嫌な予感を感じたのだ。

走り寄ったアカリは自分の足下に倒れているのがタケルだと気づき悲鳴を上げる。

「いやあああ！」

タケルは救急車で総合病院に運ばれた。

手術室前では、アカリ、御成、アラン、カノンが身じろぎもせずに手術が終わるのを待っていた。

そこへ連絡を受けた仙人が急いでやってくる。

「タケルの様子はどうだ？」

「まだ手術中です、さっき始まったので」

御成は赤く光っている『手術中』のプレートを見た。

「タケルのバカが、まだ自分がゴーストだと思っていたわけじゃあるまいに。生身の人間だってこと、忘れたのか……」

「タケルは悪くないわ。すべて彼女のせいよ！」

アカリが隅のソファーにフードを被って座っているクロエを見る。

「タケルは彼女を助けようとしてトレーラーに……」

アカリは涙でそれ以上話すことができなかった。

「アカリ、誰かのために必死になる、それがタケルじゃないか」

「アカリ殿、タケル殿はいつも戻ってきたではありませんか。今回だって絶対です」

「そうだよ、タケルを信じよう」

御成とアランがアカリを励まして元気づけようとしたが、アカリは黙ってしまう。

ずっと黙って座っていたクロエが立ち上がった。と、仙人がクロエの前に立つ。

「どこへ行く気だ？　お前には今必死で闘っているタケルに対して責任がある。ちゃんとその責任を果たすのじゃ」

「………」

クロエは黙って座り直した。

手術は思いの外短時間で終わった。

執刀した外科医がアカリたちに説明をしてくれた。

「体の怪我のほうは事故の規模のわりに軽くてすみました。奇跡的と言ってもいい。骨もほとんど折れていないし、意識さえ取り戻せばすぐに歩けるでしょう」

皆から「よかった」という安堵の声が漏れた。しかしすぐに執刀医がそれを打ち消した。

「ただし……問題があります」

皆に緊張が走る。

「タケルさんは事故のときに頭を強く打って意識不明です。意識がちゃんと戻るかどうか、いつ戻るのか、それは私にもわかりません」

「それは戻らないこともあるってことですか？」

静かにアランが聞いた。

「最悪の場合は……」

それを聞いたアカリは、思わずクロエにつかみかかった。

「タケルの意識が戻らなかったらどうしてくれるのよ！」

「よせ」

アランが止めようとするが、アカリはその手を振り払う。

「だいたい何しに来たのよ！　あんたのせいでタケルは死にかけたのよ！　あんたのどこにそんな価値があるのよ、あんたなんか疫病神よ！」

仙人がアカリの肩をポンと叩く。

「その辺にしておきなさい」

「………………」

アカリは逃げるようにその場から走り去った。

と、クロエが、フラフラとその場に崩れ落ちてしまう。

「大丈夫⁉」

心配そうにカノンが寄り添う。執刀医がクロエの顔をのぞき込んだ。

「大丈夫ですか、ずいぶん具合が悪いようだが、診察しましょう」

今度は仙人が間に入ってそれを止めた。

「いえ、その必要はありません、彼女のことはご心配なく」

「そうですか……では」

執刀医は頭を下げると去っていった。クロエが怪訝そうに仙人を見ている。

「地球の医者にお前を診せたら間違いなく卒倒するからな」

そう言うと仙人はニヤリと笑った。

――本当のことは最期まで教えないほうがいいかもしれん……

顔を伏せたクロエを見ながら仙人はそう思っていた。

アカリは屋上にいた。追いかけてきた御成がアカリの横に座る。

「大丈夫ですか」

「……私って最低だ。彼女を責めるなら私だって疫病神だもん……」

「………」

御成は黙ってアカリの横顔を見つめた。

手術を終えたタケルは個室に運ばれた。

一日経ったが相変わらず意識は戻らなかった。

「タケルったら無邪気な顔しちゃって……」

アカリが寂しげに微笑んでタケルの顔をのぞき込んでいる。その横に御成が顔を出す。

「遅刻ですぞ、起きて下さいタケル殿！」

しかしタケルは眠ったままだ。

「やはりダメですか」

「そんなんで起きるわけないでしょ」

「やってみなければわからないじゃないですか！」

また言い合いを始めたアカリと御成にアランがあきれている。

「その辺にしておけ。先生の言うように気長に待つしかないのかもしれないな」

カノンもタケルをのぞき込む。

「タケル君、今にも起きそうなのに……」

「諦めないで待つんだ。タケルだったらそう言うはずだ。タケルはそういう奴だろ？」

「そうですな、アラン殿の言うとおりです、諦めずに待ちましょう」

「そうだ、マコトには知らせてあるの？」

アカリがアランに聞いた。

「今、探しているところだ。必ず見つけ出す」

「お兄ちゃん、どこにいるか全然連絡してこないんだもん……」

「マコトはそういう奴だ」

と、アランが笑う。

そのとき、病室の隅からガタッという音がする……丸椅子に座ったクロエだ。

「クロエ殿もそんな隅に座ってないで、タケル殿の顔を見てあげて下さい」

御成がベッド脇へ誘ったが、クロエはその申し出が意外だという顔をしている。

──私のせいでタケルはこうなったのに……

そう思っていたのだ。

「私はここでいい」

「そんなことを言わずに。タケル殿はクロエ殿のことをとても心配しておりましたぞ」

「私を心配してた？……」

「はい、ねえ、アカリ殿」

「………」

アカリは黙っている。

「さあさあ、どうぞどうぞ」

御成がクロエをベッドサイドに連れてくる。

「声をかけてあげて下さい」

「何か話すの？」

「そうです。もしかすると意識はないけど声は聞こえてるかもしれませんぞ」

クロエはタケルの顔をじっと見つめた。

──タケルはどうして私を助けたの？

そう問いたかったが、言葉にならなかった。なにも喋らないクロエに、御成が微笑みかける。

「まあ、そのうちそのうち」

アカリたちはいったん家に戻ることにした。するとクロエは自分はずっとここにいると言いだした。

「私はここがいい。帰る場所もないし」

「大天空寺に泊まればいいじゃないですか？」

御成が提案したが、クロエは頑として ゆずらなかった。

「こういうところで寝るのは慣れてるし、大丈夫」

御成が心配そうに言う。

「大丈夫じゃないですぞ、だってクロエ殿は……」

「大丈夫だって本人が言うんだから！」

「しかしアカリ殿……」

御成は慌てて口をつぐんだ。それを見たクロエが怪訝そうに聞いてくる。

「私がどうかした？」

「いえいえ、クロエ殿はタケル殿の大切なお友達ですからな。ハハハ」

御成は笑って誤魔化す。

結局、クロエは付き添いとして病院に泊まることとなった。

その夜、静まりかえった病室で、クロエは部屋の隅の椅子に座ったままタケルを見つめていた。

クロエの脳裏をタケルの言葉が駆け巡っていた。

『でも、君は君のために生きるべきだよ。その一歩を踏み出すんだ。その歩みが君の未来になるんだから』

クロエはそれを振り払うように立ち上がった。だがその動きはかなり辛そうだ。

ゆっくりとベッドの脇へ歩いていき、タケルの顔をのぞき込む。

タケルは穏やかな顔で眠っている。

「タケル、私はどう一歩を踏み出したらいいの？　自分のために生きるってどうやればいいの？」

問いかけるがもちろんタケルは答えない。

「タケルが私に言ったんだよ。ねえ、答えてよ……」

クロエはそっとタケルの頬に触れてみる。柔らかな感触と暖かみが、タケルがちゃんと生きていることを伝えている。

──でも……

「答えを聞きたくてここまで来たのに、私のせいでタケルは……」

クロエは椅子に戻ると静かに目をつむった。

翌日からは皆が時間をつくってはタケルの元を訪れた。

御成は毎日のようにやってきてはタケルの手をマッサージしながら話しかけている。

「タケル殿は最初ゴーストの存在を疑ってませんでしたか？　ゴーストが見えないからって。それに比べて拙僧は一生懸命修行して先代のような立派なゴーストハンターになろうとしてた。なのにタケル殿が急にゴーストが見えるようになって。先代から眼魂が送られてきたあの日が始まりでしたねぇ……覚えてます？　タケル殿が最初に死んじゃった日ですぞ」

懐かしそうに御成が話している。

「タケルは死んでたの？」

クロエが驚いたように聞いた。タケルのことは何も知らないのだ。

「そうです。でも、仮面ライダーゴーストとして何度も何度も苦難を乗り越え、ついには生き返ったのです。今回だって絶対に目覚めます。拙僧は信じてますよ、タケル殿！」

御成はタケルの手を握ると、明るく笑った。

カノンが綺麗な花を買ってやってきた。花瓶の水をかえ、花を生けるカノンをクロエが不思議そうに見ている。眠魔の世界では生きた花など必要ないとされていたのだ。

「水をかえないといけないの？」

「そうよ、お花はね、水がないと枯れちゃうの」

カノンが笑って答えた。

「これはね、タケル君が目覚めますようにっていう願いを込めたお見舞いのお花。タケル君は私の恩人なの」

「恩人？」

「そう、タケル君はね、私を生き返らせてくれたの」

「え⁉」

「自分が生き返るために一生懸命眼魂を集めてグレートアイを呼び出したのに、自分じゃなくて私を生き返らせてくれた……」

「信じられない……」

「そうよね。私もそう思う。でもね、それがタケル君なの」

「…………」

クロエはベッドに近づき、寝ているタケルの顔を見る。

――私を助けたのも、同じ理由？……

クロエの横にカノンがやってくる。

「今私がこうやって幸せなのも、全部タケル君のおかげなんだ」

と、入り口から声がする。

「タケルと会って、皆、変わったんだ」

アランだった。

「タケルは何度も私を救ってくれた。いや、私だけじゃない、ガンマイザーに取り込まれてしまった兄も救ってくれた。タケルのおかげでアデルは最期に人間らしい心を取り戻すことができたんだ」

カノンがアランに微笑む。

「眼魔の世界も救ってくれましたよね」

「ああ」

アランは視線をタケルに移し、

「本当にすごい奴だよ、お前は」

そう言うと優しくタケルの髪をなでた。

アカリは毎日夕方になると大学での研究を切り上げて見舞いにやってきた。

「タケル、私を守るって約束したの覚えてる？　小学校の頃の肝試しのとき……あの頃からタケルは生意気だったんだよねえ。私のほうが年上だっつうの。年上にはさんづけしろって言っても全然聞かないしさ……」

アカリはタケルの手をさすってやる。

「あれから何度も守ってもらった。だから今度は私が守ってあげるから……だから……」

最後は涙で声にならなかった。

突然アカリが叫ぶ。

「出てって！」

隅に座っていたクロエがゆっくりと立ち上がり病室を出ていく。

ナリタやシブヤ、小野寺やイゴールもお見舞いにやってきた。

皆、タケルとの思い出を楽しげに語って帰っていった。

クロエはそれを病室の片隅で黙って聞いていた。

タケルが事故に遭ってから一週間が経った。

夕方、いつものようにアカリが病院へやってきて、廊下をタケルの病室へ向かっていた。

すると、タケルの病室から看護師の声が聞こえてきた。

「クロエちゃん、そっちを支えててもらえる？」

——なんだろう？

アカリがそっと中をのぞくと、看護師がタケルの体を拭きやすいように、クロエがタケルを支えている。

「ありがとう、いつも助かるわ」

看護師は手際よくタケルの体を拭いてゆく。

――彼女、いつもあんなことを？

アカリは驚いて中に入りそびれてしまう。と、いつの間にか後ろに仙人が立っていた。

「クロエは自分からやり方を教えて欲しいと看護師に聞いてきたそうじゃ」

「おっちゃん……」

「彼女は彼女なりにタケルを助けたいと思っているんだろう」

「………」

――それはそうかもしれない、でも……

「それが何？　タケルがああなったのは彼女のせいでしょ。あのくらいやって当然よ」

「そうかな……」

「えっ？」

思いもかけない返答にアカリは戸惑う。

「見てみろ、クロエはもう体を動かすのも辛そうだ」

仙人の言葉に、もう一度病室をのぞいてみるアカリ。

クロエが濡らしたガーゼでタケルの唇を湿らせている。だがその動きは老人のように鈍く手も震えている。

――リアクターを動かす生体エネルギーがなくなりかけているんだわ……

クロエは皆の前ではじっと座っていることが多かったので、アカリもここまで衰弱が進行しているとは気づいていなかった。

「彼女のほうこそ瀕死の重傷だと思わないか」

と仙人が問うた。

――だからって……許せない……

アカリはそれでも認めたくはなかった。

「確かにそうかもしれない。体も辛いと思う。でも、彼女は自分が今どういう状態か知らないからできてるのよ」

「それが知ってるんだ」

「えっ⁉」

意外な仙人の答えだった。

「この間、私がタケルの様子を見に来たとき、クロエに聞かれたんじゃ……」

それは四日前のことだった。

仙人が病室のドアを開けて廊下に出ると、クロエが待っていた。

「教えて。私はもう長くないんでしょ？」

「……なんでそんなことを聞く？」

「もう動くのも辛くなってきた。力を出そうとするとリアクターが異常反応するし……自分が一番よくわかってる」

「地球の医者にお前は治せない。残念だが私でも無理だ……」

「そうじゃないかと思った……」

「すまない」

「いいの、父さんが私をこの体にしてくれたんだ……」

仙人はそのときのクロエの寂しげな笑顔を思い出していた。

「クロエはすべてわかっているんじゃ」

――そんな……

アカリは愕然とする。

クロエは自分の命がもうすぐ尽きるとわかっていて、それでも一生懸命にタケルの世話をしているのだ。

――それって、まるでいつものタケルみたい……

クロエはちゃんとタケルと向き合っているのだ。

アカリは黙って病室の扉を開けた。


病室に入ると、クロエが花瓶の水をかえるために部屋を出ようとしていた。

アカリがクロエの持っている花瓶に手を添える。

「手伝うわ」

「……ありがとう」

クロエは素直にそれを受け入れた。

「私、タケルが言ってた自分のために生きるってことが分からなくて。それでタケルに会いたいと思って……」

「……タケルは必ず目覚めるわ。その答えはあなたが自分でちゃんと聞きなさい」

アカリは優しく微笑んだ。

アカリが花瓶の水を入れ替えて戻ってくると、タケルを見ている男性の後ろ姿が見えた。アカリはすぐにそれが誰だかわかった。

「マコト!?」

振り返ったマコトの顔は一段と男らしく、そして凜々しくなっていた。

「遅くなった。これでもアランから連絡を受けて急いで戻ってきたんだ」

「うん……」

マコトの顔を見て、張っていた気持ちが緩んだのか、アカリの目から涙がこぼれた。

「しっかりしろアカリ。タケルは必ず戻ってくる」

久しぶりに会ったマコトは頼もしく思えた。


アカリ、御成、マコト、アラン、カノンがタケルのベッドを取り囲んでいる。このメンバーが揃ったのは久しぶりだった。アランがタケルの顔をのぞき込む。

「タケル、マコトが来てくれたぞ」

タケルは相変わらず眠ったままで動かない。

マコトがタケルを見てしみじみと言う。

「こうやって見てると、子供の頃と変わらないな、タケルは……」

「そうかな？　けっこう凜々しくなってない？」

と、アカリものぞき込む。

「顔だけじゃない。小さい頃から負けず嫌いだったたし。俺とチャンバラして負けても『自分が負けたと思ってないから負けてない』って認めないんだ。そうだよな、タケル？」

「タケル、スペクターと闘ってたときもそんなこと言ってたね」

アカリの言葉に御成がおどけて言う。

「負けたと思わない限り俺は負けてない！　俺は俺を信じる！　命、燃やすぜ！」

「あ、今の似てる！」

「アカリ殿に誉められましたぞ、タケル殿！」

一斉に皆が笑う。

マコトは手を伸ばしてタケルの頬に触れてみる。

「タケル、お前はなんだかんだ言って、結局あの英雄たちと友達になったな」

「ああ、すごい男だ」

アランがうなずく。マコトはキュビのことを思い出した。

「友達と言えば、いつだったか、敵だった眼魔のキュビと友達になるって言いだしたときは、ふざけてるのかと……」

「寺に居候させましたしね、拙僧もビックリでした」

「キュビちゃんはいい子よ」

結局、カノンとキュビはとても仲良くなった。アカリも眼魔と友達になると聞いたときは驚いたが、タケルの直感に間違いはなかった。

「タケルにはそれがわかったんでしょ」

「でもあれは拙僧の頭の危機でしたぞ」

キュビが御成の頭を描くたびに、御成の頭が絵に変化して大変だったのだ。皆がその絵になった御成の頭を思い出して笑っている。

「笑い事ではありません！」

そう言いつつ御成も笑っている。

「アランに御成の魂が入ったときもおかしかったなあ」

「そういうこともありましたなあ」

憮然としてアランが言う。

「御成は私の顔に落書きをしたこともある」

すると御成も反論する。

「きっちり私もやり返されましたぞ」

カノンはアカリと話している。

「アカリちゃんがアイドルになったこともあるよね」

「ハーピーフォーでしょ！　懐かしいなあ」

「あれは拙僧が敏腕マネージャーだったから合格したんですぞ」

御成は得意げだ。

「実力よ実力！　でしょ、タケル？」

「タケル……」

「タケル君……」

「タケル殿……」

「タケル……」

皆がじっとタケルを見つめる。

マコトとアカリがタケルに話しかける。

「こんな危機をいくつも乗り越えてきたんだ、大丈夫だよな、タケル」

「オレ眼魂が砕け散ってタケルが塵のように消えたときもあったわね」

「あのとき、復活したタケルが言ってたよな。俺たちの想いを感じたって」

「ムゲン眼魂が現れたときね」

「今の想いだってあのときに負けてない」

アランとカノンが話しかける。

「眼魂島のこと、覚えてるだろ？　お前の体が究極の眼魂に使われてしまったときも、お前は諦めなかったよな」

「あのときは私たちもアルゴスにゴーストにされちゃって」

「でもそのおかげで仮面ライダーゴースト　ムゲン魂の中に入って、タケルと一つになって闘えた。お前は自分の体が消滅するのに、それでもアルゴスを倒して皆を救ったんだ……」

「あのときだってタケル君は戻ってきた……」

御成も話しかける。

「でっかい眼の巨人を倒したときもそうですぞ。タケル殿は自分じゃなくて、やつにやられた人たちをグレートアイに復活させてもらいました……」

「二度もチャンスを棒に振るなんて、ホントバカなんだから」

アカリが涙を流しながら笑っている。マコトの目からも涙がこぼれている。

「それがお前だ、だから皆お前が好きなんだ」

アランが泣いているカノンの肩に手をやる。

「グレートアイがお前を生き返らせた気持ちがよくわかるよ」

マコトが床にひざをつき、タケルの手をギュッと握る。

「聞こえるかタケル。眼の巨人を倒すとき、お前は言ってたよな。『俺は、いや人間は何度でも立ち上がり運命を切り開く』って。だったら今回も切り開いてみろ！」

「切り開くわよ」

タケルの手を握っているマコトの手の上にアカリが自分の手を重ねた。カノン、アランが次々に手を重ね、一番上に御成の手が重なった。

「生き返ったときの第一声が『俺、お腹がすいたー！』でしたからね、今度はなんて言うんでしょうねえ？」

それを聞いた皆は、涙を流しながらも笑顔になる。

と、アランが立ち上がった。

「タケルには『おめでとう』と言ってもらおう」

皆がどういうことかとアランを見た。アランはカノンの手をとり、目を見つめる。

「カノン、私と結婚してくれないか」

カノンは一瞬驚いたような表情を浮かべたが、

「はい」

そう言うと恥ずかしそうに頬を紅潮させた。

「えええ！」

御成が驚いて素っ頓狂な声を上げた。

「今のはプロポーズではないですか！」

アランがマコトのほうを見る。

「マコト、許してくれるか？」

マコトがうなずく。

「覚悟はしてたさ。前に自分がカノンを幸せにすると俺に宣言してたしな」

「アラン様、いつの間にそんな話をしたの？」

「それは……秘密だ」

──カノンには言えない……

実際は、宇宙牢獄から帰還したダントンに味方するマコトと、ダントンを阻止しようとするアランが闘ったときのことだった。それはマコトがアランを殺しかけた壮絶な戦いだった。

アランは皆を見回し、問うた。

「それで、ここで仮の式をやりたいんだ。私に結婚する勇気をくれたのもタケルなんだ。だからタケルの前でこの身内だけの式を挙げたい。いいだろう、カノン？」

カノンは大きくうなずき、

「クロエさんも参加してね」

そう言うとクロエに微笑みかけた。クロエはかなり辛そうな様子でうなずいた。

翌日、病室で仮の結婚式が行われた。新郎新婦にマコト、アカリ、御成、そしてクロエだけの本当に身内しかいない小さな式だった。

僧侶の御成が神父のような格好をさせられてむくれている。それを見て皆は大爆笑。楽しく暖かい式となった。特にドレス姿のカノンは幸せで輝いて見えた。

「タケル見てるか、私はカノンと結婚したぞ」

アランが嬉しそうにタケルに話しかける。

「おめでとう！」

「おめでとう！」

花びらが病室に舞う。

そこには今までクロエが知らない幸せがあった……

皆がタケルのことを思っているのもヒシヒシと伝わっていた。

そんな皆の様子を見ていてクロエは気づく。

――これがタケルの生きる意味なのね……

皆と共に生きる未来、それがタケルの生き様の中に見えるのだ。

――そんな未来を私もいっしょに見てみたかった……

一筋の涙を流したクロエ、皆に気づかれないようにそっと病室を出てゆく。

——今、クロエの声がした……

タケルはずっと暗闇を彷徨っていた。

出口も見当たらなければ果ても見えない真っ暗な世界、そこに声がしたのだ。

タケルはその声のほうへ歩いていった。

すると突然暗闇が途切れ、光溢れる世界が現れた。


「タケル⁉　タケル！」

タケルの目が開いたのに気づいたアカリが興奮して叫んだ。アカリ以外の皆は着替えるために病室を出ていた。

「うう……」

ゆっくりとタケルは体を起こす。

「無理しちゃダメだよ。一週間も寝てたんだから。今、お医者さんを呼んでくるから！」

「大丈夫だよ、それより、クロエは？」

「え？」

「クロエの声がしたんだ、クロエはどこ？」

「さっきまでそこに座ってたけど……皆で話している間に出ていったみたい」

「探さなきゃ」

「無理しちゃダメだって」

「頼む、アカリ、手を貸してくれ」

あまりに真剣な眼差しにアカリは従うしかなかった。

タケルがアカリに支えられながら病院の玄関を出てくる。天気がよく日差しが眩しい。

「弱ってるから遠くには行けないと思うんだ……」

ふと見上げると抜けるような青空が広がっている。

――あのとき見た眼魔世界の青空みたいだ……

と、屋上に人影があるのに気づく。

――きっとクロエだ、間違いない！

「アカリ、屋上だ！」

タケルが思ったとおりクロエは屋上にいた。

タケルがやってくると、力尽きかけているクロエは床に崩れ落ちてしまう。

「大丈夫か⁉」

まだふらつく足でクロエの所へ行くタケル。

タケルの顔を見てクロエが嬉しそうに微笑んだ。

「よかった……気がついたのね」

屋上の入り口にアカリと共にマコト、アラン、御成、カノンが現れる。

マコトはクロエの様子を見て唇を噛む。

「眼魔世界でもリアクターのせいで同じ症状の人たちがいて、だからクロエを探してたんだが……」

「助けられるのか？」

アランがマコトを見るが、マコトは首を横に振る。

「あそこまで症状が進むと……俺でも無理だ」

タケルは膝をつきクロエの上半身を助け起こす。

「無理しちゃダメだ」

「ここなら空がよく見えると思って……最期はこの空を見ていたかったから」

「しっかりしろ！　生きるんだ、自分のために、君の一歩を踏み出すんだ、その歩みが君の未来になるんだから」

「歩みが私の未来……そうしたかった」

「ダメだ、諦めるな！」

「いいの……」

　クロエは入り口の所にいるアカリたちを見る。

「タケルには友達がいる、心配してくれる仲間がいる。でも私には誰もいない……」

「俺がいるじゃないか。君の思いを未来へ繫げるんだ」

「これは治らないのよ、無理なの……」

　クロエは寂しげに目を伏せた。

「いいや、無理じゃない！　絶対何か方法がある！　俺はクロエの命を繫げたいんだ、未来を繫げたいんだ」

「ありがとう……」

「俺は諦めない。人間には無限の可能性がある。絶対に助けてやる！」

　タケルの思いに呼応するようにムゲンゴースト眼魂が現れ、タケルは仮面ライダーゴースト　ムゲン魂に変身する。その姿には金色の羽根が生えているではないか！

　だが、タケルは自分が変身していることにすら気づいていない。

「俺の命に代えてもお前を助ける！」

　金色の羽が叫びで揺れた！

　そのとき、空に巨大なグレートアイが現れる。

ついに近くて遠い未来がやってきたのだ。

タケルの必死の思いが、私をフレイヤの姿に変えた。

タケルの前に立った私は、タケルを止めようと話しかけた。

「タケル、あなたは自分の想いを繋げなくてはいけません。未来に繋げなくてはいけない。そうではありませんか？」

「グレートアイ、それはわかってる。でも、クロエが俺の想いであり未来なんだ！　頼む、クロエを助けてくれ、彼女に命を、未来を与えて欲しい！」

タケルの決心は変わりそうにはなかった。

だが私は天空寺タケルが繋げた未来を見てみたい。

私は提案をすることにした。

「想いを力に変えるムゲン眼魂の力をクロエに入れれば可能でしょう。ただし、同時にタケル、あなたの命も削らなくてはいけない」

仮面ライダーゴースト　ムゲン魂は大きくうなずいた。

「わかった」

見ていたマコトやアランに動揺が走る。

「タケルの奴、本気か⁉」

「そんなことしたらもう二度とムゲン魂に変身できないぞ。しかも寿命が縮む……」

アランは不安げにマコトを見た。御成は焦りまくっている。

「アカリ殿、止めなくては！」

だがアカリは唇を嚙みしめてじっとタケルを見つめている。

クロエが弱々しく顔を上げる。

「ダメよ……」

「クロエ、俺の想いを君に繫げさせて欲しい」

リアクターの光が弱々しくなり、今にも消えそうになる。

クロエの意識が薄れてゆく。

「俺の半分を君にあげる！」

フレイヤが仮面ライダーゴースト ムゲン魂の胸に手を当て、そのまま同化する。

変身が解除されてムゲン魂が現れ、金色の羽が生えたままのタケルとなる。

そして、フレイヤはムゲン魂と共にクロエと同化する。

リアクターの光は完全に消え、リアクター自体がクロエの体からポトリとはがれ落ちる。

と、金色の羽が閉じてクロエとタケルを包み込み光り始める。

光が消えると、そこにはクロエを抱きかかえたタケルがいた。

アカリたちは固唾をのんでタケルとクロエの様子を見守っている。しかし、クロエが動き出す気配はない。

どくん、どくん……

その鼓動は最初は小さく、そして次第に大きくなっていった。まるで赤ん坊の命が生まれたように……。クロエの心臓が力強く鼓動し始めたのだ。

クロエが目を開けた……タケルの優しい笑顔が見える。

「私……生きてるの？」

タケルがうなずく。

クロエが堰を切ったように話し出す。

「タケルが私に言ったこと覚えてる？　自分のために生きろって。でもね、私、それがどういうことかわからなくて、それでタケルに会いたかった。でもね、皆がタケルに一生懸命話しているのを聞いてたらなんとなくわかってきた気がする。聞いてくれる？」

「もちろんさ」

タケルはにこにこ笑っている。

「私が生まれたのはね、眼魔の……」

クロエは話し始めるが、すぐに黙ってしまう。

「どうしたの？」

「私……私、生きていいの？」

タケルがクロエを抱きしめる。

「生まれてきてくれて、ありがとう」

マコトやアラン、カノンたちがクロエのところへ走り寄ってゆく。

喜び合うタケルたち、クロエにも笑顔が溢れている。

笑顔だが涙が止まらないアカリ。タケルとクロエの繋がりがどういうものなのか、それがはっきりわかった気がしていた。互いが互いを必要としている特別な二人なのだ。

アカリはけっして悲しいわけではなかった。でも涙が止まらないのだ。

そんなアカリの様子を見た御成、そっとアカリの肩に手をやりアカリの目を見て黙ってうなずく。

彼らを祝福するように、空はどこまでも青く透き通っていた。

エピローグ

私の記憶を巡る旅の終わりと共に、地球からの旅立ちが迫っている。

その後の彼らのことを少し話そう。


天空寺タケルとクロエは結ばれ、アユムという息子が生まれた。

幸せな時が続くかと思われたが、世界は自我を持ったシステム、デミアによって支配されそうになる。

かつては人間をシステムに繋ぐプログラムだったデミアだが、自我を持ったことで人間を排除しシステムが管理する新世界を創ろうとしていた。

もちろんデミアが活動を再開したとき、タケルはデミアと闘った。

だが、クロエに命を分け与えたことでタケルは仮面ライダーゴースト　ムゲン魂に変身することができず、デミアにやられてしまう。


その後、少年に成長したアユムがデミアに対抗するが、デミアが眼魔世界と地球の行き来ができないようにジャミングしたため、眼魔の加勢も期待できず、人類は危機を迎える。

ついにはデミアの攻撃にくじけそうになってしまうアユム。しかし、アユムは過去に戻ってタケルに会うことで、父の強い心を知り、闘う力を取り戻す。

そして、タケルの思いを受け継いだアユムが仮面ライダーゴーストとなり、次第にデミアを追い詰めていった。

旗色が悪くなったデミアは、起死回生の策として、過去に戻ってタケルを抹殺し、天空寺の血を断つことでアユムが生まれないようにしようとする。

しかし、これも過去に飛んだアユムによって阻止されてしまう。


アユムがなぜ過去に戻れるのか……それは私が関係している。ムゲン魂をタケルから分離してクロエに入れるとき、私の一部もクロエに入ってしまったのだ。なのでクロエはタケルの命と私の一部を持った状態だった。そして、生まれた新しい命、アユムにその影響が現れたのだ。アユムは私の想いの一部を持った子なのだ。アユムが繋ぐ未来は私の繋ぐ未来でもある……


そして今、過去から戻ったアユムはデミアのシステム要塞の前に立っていた。デミアを完全に叩きつぶすためには、システムの中枢にあるコアを破壊することが必要だった。コアを残すとまたデミアが再生してしまうかもしれないのだ。

「今日こそデミアと決着をつける！」

建物へ向かおうとするアユムの前に、デミアが実体化したグレートデミアが現れる。花ビラが開いたような頭部を持つ異様な姿のグレートデミア。

「忌々しい奴め。またもわが計画を邪魔してくれたな」

「人間の力を思い知ったか」

「この世界に人など必要ない。世界に必要なのは我のみだ！」

グレートデミアが攻撃を繰り出しアユムを襲う。放たれた火球が爆発、間一髪でアユムは飛び退く。

「変身！」アユムが眼魂をベルトに装塡！　白い仮面ライダーゴーストに変身する！

「僕がお父さんとおじいちゃんの思いを未来に繫げる！　人間の可能性は無限大だ！」

「黙れ！」全システムのパワーを結集させたグレートデミアが禍々《まがまが》しく光り輝く！

「死ぬがいい！」

エネルギーを放射するグレートデミア。

「命、燃やすぜ！」

すかさず高く飛び上がり必殺技のライダーキックを放つ仮面ライダーゴースト！　向かってくるエネルギーの帯を切り裂き、そのままグレートデミアを直撃！　グレートデミアは断末魔の悲鳴を上げて爆発し消滅する。

要塞の固く閉ざされた入り口を破壊し、中心部へ進んでゆく仮面ライダーゴースト。見つけたデミアのコアはモノリスのような形をしていた。

グレートデミアが消滅したことで活動を停止し輝きを失ったその姿は、まるで巨大な墓だった。──なんて不気味なんだ……内部を破壊しないと……

仮面ライダーゴーストがキックを放つ。外壁が崩れ落ち、コアの内部に光が差し込む。

そこに浮かび上がったのは、コアに繋がれたタケルの姿だった！

「お父さん⁉」

驚いたアユムは変身を解除しタケルに駆け寄る。急いでタケルに装着されたコネクターを外し、コアから助け出した。

──鼓動が聞こえる、生きている！

「しっかりして！　お父さん！」

タケルがゆっくりと目を開ける。

「アユム……よくやった」

微笑んだタケルはアユムを抱きしめた。

天空寺タケルはデミアにとっても特別な存在だった。

それゆえ、デミアとの闘いに負けたタケルは、そのままコアの一部として取り込まれてしまっていた。クロエはそのことを知っていたが、それを告げるとアユムがデミアと闘うときに苦悩すると思い、あえて父は死んだと告げていたのだ。

「すべては天空寺タケル、天空寺タケルこそが世界を救う鍵」

かつて私はこう告げた。予言ではない、私には未来など見えない。

それが天空寺タケルという存在なのだ。


タケルとクロエ、そしてアユム、三人が笑っている。

なんて幸せそうな家族なのだろう……なんだろう、この感じは……

ずっと忘れていたこの気持ち……私が彼らの未来を楽しみにしている、人間の未来を……


けっして楽な道のりではないはず。

しかしどんな困難が待ち受けていても、人間は立ち向かい乗り越えていくだろう。

だって人間の可能性は無限なのだから……


そして、私はタケルたちに別れを告げ、宇宙へと旅立った。

「近くて遠い未来に会いましょう」

そう、新しい約束をして……


（完）

仮面ライダーゴースト全史「魂の記憶」

【紀元前三世紀】

とある密教信仰の集落に住む一族は、目の紋章が描かれたモノリスを『神の石』とあがめ、祈りを捧げていた。その一族の長《おさ》であるアドニスは、信頼する友人のイーディスとダントンと共に不毛な地を開拓しようとしていた。

そんな中、アドニスたちの一族に凶王の侵攻の魔の手が迫る。絶望的な状況下でモノリスに祈りを捧げたアドニスたちに呼応するかのように、異空間へのゲートが開き、アドニスたちの一族は新天地へ移ることを決意する。リューライはじめ、一部の者たちはアドニスたちを安全に新天地に逃がすため、モノリスの守り人としてその地に残る。［小説］

【紀元前二〇〇年代】

アドニスをリーダーとした一族は新天地にてグレートアイの力を借り、理想郷を目指すこととなる。アドニスの理想郷創造に手を貸すイーディスやダントンたちは、かつてそこにあった遺跡や文明も利用することで、独自の都市を形成。世界は急速な進歩を遂げる。その進歩は「ガヌマ」と名乗ったグレートアイから与えられる全知全能の力によるところが大きかった。同時期にアラン誕生。

しかし、その一方で汚染された大気が徐々に人々をむしばみはじめ、「赤死病」が流行する。［小説］

【紀元前一九二年】

アドニスはイーディスとダントンに大気改善を命じるが、甲斐なくアドニスの妻・アリシアが命を落とす。［小説］

【紀元前一八〇年】

アリシアの死後、深い悲しみと絶望の淵にいたアドニスは人が死なない不死の世界の思想に傾倒する。イーディスはアドニスの命令に従い、肉体を保存しアバターを活動させる眼魂《アイコン》システムを構築する。一方でダントンは世界の環境に適応する人間を生み出す研究を始める。ダントンは自らの肉体も改造し多くの同胞も実験材料とした。この中には後のクロエもいた。アデルはダントンの思想に傾倒し、研究に興味を持ち始める。［小説］

【紀元前一七五年〜】

アドニスはイーディスの考案した眼魂システムを本格採用し、グレートアイの力も使い現在に至るシステムを構築する。眼魂システム時代の幕開け――人が死なない世界の実現。反対していたダントンたちも強制的に眼魂システムに組み込まれることになる。

また、異空間へと繋がるゲートの研究も進み、有機体ではなく無機物が安全にゲートを通過できるシステムの開発が進む。

一方のダントンは、アドニスとイーディスが構築した眼魂システムを否定し、秘密裏に強化人間の研究を進める。眼魂システム、アバターを利用した数百年にわたる研究を経て、保存された自らの肉体で実験し環境適応だけでなく人間を超えた強靱な肉体と高い身体能力などを手にいれアバターを捨てる。

以降、ダントンは不死に近い存在となりクロエをはじめとする仲間たちにも同様の施術をほどこし、多くの同胞を眼魂システムから解放する。と同時に、進化した人類の先にある究極の人類を作ることに傾倒していく。そのプロトタイプ培養を始める。度重なる失敗を繰り返し、廃棄される命を前にゴーダイ（後の深海大悟《ふかみだいご》）は深い悲しみと罪悪感に苛まれる。［小説&Vシネマ「ゴーストRE：BIRTH 仮面ライダースペクター」］

【数百年前・ガンマ百年戦争開始】

アドニスとイーディスは禁止したはずの強化人間の研究をダントンが続けていたことを知り、追及する。ダントンが逆に眼魂システムが人間の尊厳を奪っていると反発し、二つのシステムにより民衆が割れて、眼魂システムを利用した人間と強化人間の戦争が起こる。

アドニスの長男・アルゴスはこの戦争にて暗殺者の手にかかり深手を負い、その後病死

する。秘密裏にイーディスがアルゴスのデータを眼魂に保存する。［小説＆Vシネマ］

【数百年前・ガンマ百年戦争中期】

ダントンの研究が進み、強化人間の成功体『リヨン』と『ミオン』が生まれる。後の『マコト』と『カノン』である。［小説＆Vシネマ］

【数百年前・ガンマ百年戦争終盤】

戦争の混乱に乗じて幼いマコトとカノンを連れ出すゴーダイ。生身でモノリスのゲートを通過したことで時間と場所も同時に超えて人間世界にたどり着くこととなる。

ダントンはただただ人のためと願った結果、多くの同胞を失い悲嘆する。一人残った強化人間のクロエを研究所に隠し、アドニスたちとの決戦に臨む。死なない身体を持つダントンに対して、グレートアイは、その力を使って、ダントンを宇宙空間に追放する。戦争は終結するが、アリシアに続き、アルゴスを失ったアドニスは二度と争いが起きない世界を望み、心や感情は不要、という思想に至る。カプセルに保存された人々をコントロールし一部の人間とシステムで管理する世界を完成させる。アドニスはこれ以上の世界の変革を防ぐためにグレートアイとの接続を遮断し、イーディスはグレートアイの障壁としてのガンマイザーを構築する。人が死なず、争いが起きない、完璧な世界の誕生。［小説］

【ガンマ百年戦争終結から、数百年後】

保存された肉体が消失するというバグが眼魂システムに発生し、イーディスたちは原因究明に乗り出す。メンバーの中にはイゴールもいた。その後、調査の結果、眼魂システムのバグは生体エネルギーの過剰抽出であることが判明。バグを取り除こうにもグレートアイの障壁としてのガンマイザーが作動するため、アクセスできないことにイーディスは絶望する。［小説&テレビ］

【一九五五年＝六十年前】
アラン、アドニスに命じられて眼魔の世界から初めて人間の世界にやってくる。
幼い福嶋《ふくしま》フミ（十歳）に出会う。［「アラン英雄伝」］
アランの来訪に合わせ、大天空寺《だいてんくうじ》のモノリスが共鳴。当時の大天空寺住職が調査に乗り出す。［小説］

【一九六五年＝五十年前】
アラン、再び眼魔の世界から人間の世界にやってくる。

闘いを続ける人類に虚しさを感じる。再び福嶋フミ（二十歳）に出会う。［「アラン英雄伝」］

再び大天空寺のモノリスが共鳴し、幼い天空寺龍《てんくうじりゅう》がその様子を目撃する。

眼魂システムのバグを知ったアデルは、外部世界の人間の生体エネルギーでシステムの維持を目指し、アドニスには別世界の調査と救済を建て前として、ゲートの先の人間世界に秘密裏の調査と侵攻を企てる。［小説］

【一九七四年＝四十一年前】

モノリスの守り人の末裔である天空寺龍（十八歳）は、独自にモノリスの研究を行っていた。

天空寺龍は、同じ大学で物理学を学んでいた五十嵐健次郎《いがらしけんじろう》（二十一歳）に接触し、協力者となってもらう。［小説＆テレビ］

【一九七九年＝三十六年前】

龍と五十嵐が大天空寺地下に研究所を完成させる。［小説＆テレビ］

【一九九三年＝二十二年前】

考古学者・西園寺主税《さいおんじちから》が日本のモノリス伝承を元に大天空寺を訪れる。大天空寺地下で行われている研究に興味を持ち、龍と五十嵐に接触。協力者となる。［小説&テレビ］

【一九九七年＝十八年前】

天空寺タケル誕生。母・天空寺百合《ゆり》、死去。［小説&テレビ］

【一九九九年＝十六年前】

モノリスのゲートを通じてゴーダイとマコト（四歳）とカノン（一歳）が人間の世界にやってくる。

天空寺龍はゴーダイたちに人間世界での生活を教える。ゴーダイは人間世界で深海奈緒《なお》子《こ》を妻にし、「深海大悟」と名乗り、マコトやカノンと共に暮らし始める。［小説］

【二〇〇二年＝十三年前】

深海奈緒子、死去。［小説］

【二〇〇四年＝十一年前】

イーディス、龍と出会い、闘いに敗れたことで救われる。深海大悟、イーディスと人間世界で再会するが、マコトとカノンのことは隠す。［小説］

【二〇〇五年＝十年前】
イーディスは「仙人」と名乗り、いずれ来る十年後の眼魔世界からの人間世界への侵攻に立ち向かうべく、天空寺龍、五十嵐健次郎、西園寺主税と協力。十五英雄の選定、英雄の遺物集め、英雄の魂との接触を開始する。龍、十年後の息子にブランクゴースト眼魂を遺す。
イゴール、眼魔世界にアクセスしてきた西園寺と出会う。［小説＆「アラン英雄伝」］
マコトとカノンの元を去った大悟は、アデルの手にかかり命を落とすが、イーディスがスペクター眼魂に魂を入れ、そのアバターを眼魂島に送る。イーディスと再会した際に渡されたアルゴスの眼魂を再起動させてダークゴーストと活動を開始する。［小説＆「劇場版　仮面ライダーゴースト　１００の眼魂とゴースト運命の瞬間《とき》」］
イゴールは大天空寺の存在を知り、西園寺と接触。西園寺の英雄ゴースト眼魂集めに協力する見返りとして、生きた人間のサンプルを要求する。西園寺は龍たちを裏切り、実験の事故を装い、マコトとカノンを眼魔の世界に送り込む。［小説&テレビ］

アデルによる人間世界への侵攻準備が開始され、龍がアデルの手にかかり命を落とす（享年四十九）。そのとき、形見として宮本武蔵の刀の鍔をタケルに託す。

大天空寺地下の研究所は破壊され、英雄の遺物は西園寺に持ち去られる。［小説&テレビ］

二〇一五年

【第一話】タケルの命の期限：九十九日（二〇一五年十月四日）～九十八日

天空寺タケル、二〇一五年十月四日に十八歳の誕生日を迎える。

亡き父・天空寺龍が贈ったブランクゴースト眼魂に触れ、眼魔が見えるようになる。

その眼魔の手にかかり命を落とす。天空寺タケル、享年十八。

死後、仙人からゴーストドライバーを与えられ、九十九日の期限付きでの復活を果たし、〝仮面ライダーゴースト〟としての活動を、幼馴染みの月村《つきむら》アカリと兄弟子の御成《おなり》と共に開始する。

タケルが所持していた「宮本武蔵の刀の鍔」からムサシゴーストが誕生。

【第二話―第三話／仮面ライダードライブ 第四十八話】タケルの命の期限：九十八日～八十九日
園田義則《そのだよしのり》が所有していた「電球」からエジソンゴーストが誕生。
白瀬《しらせ》マリが豪邸から盗み出した「弓矢」からロビンゴーストが誕生。
ネオシェードが所持していたニュートンゴースト眼魂を泊進ノ介《とまりしんのすけ》から譲り受ける。

【第四話】タケルの命の期限：八十八日～八十七日
羽柴信良《はしばのぶよし》が所有していた「書状」からノブナガゴーストが誕生。
突如、タケルの前に仮面ライダースペクターが乱入し、ノブナガゴースト眼魂を奪取する。

【第五話】タケルの命の期限：八十七日
仮面ライダーゴースト、仮面ライダースペクターの前に敗れ、エジソンゴースト眼魂を奪われる。タケル、圧倒的敗北の前に恐怖にとらわれる。

【第六話】タケルの命の期限：五十七日～四十四日
マコト、アランにタケルから奪ったエジソンゴースト眼魂を預ける。

君島康介《きみしまこうすけ》が所有していた「楽譜」からベートーベンゴーストが誕生。

タケル、アカリの言葉に自分を信じきることの大切さに改めて気づく。

【第七話—第八話】タケルの命の期限：四十四日～二十七日
西園寺が独自の手段でビリー・ザ・キッドのゴーストを誕生させ、ビリー・ザ・キッドゴースト眼魂を手に入れる。
アカリ、御成、クモランタンの力を使って、西園寺からビリー・ザ・キッドゴースト眼魂を奪取する。
タケル、仮面ライダースペクターの正体が、かつての幼馴染み・深海マコトであることを知る。

【仮面ライダー×仮面ライダー ゴースト&ドライブ 超MOVIE大戦ジェネシス】

タケル、超常現象を調べる泊進ノ介と再会する。

ワームホールにより、タケルと進ノ介は十年前の時代に飛ばされる。

十年前の世界でタケルは進ノ介と共に父・龍の死を防ごうとするが、ダヴィンチ眼魔の凶弾から幼いタケルを庇い、龍は命を落とす（ワームホールが開いたことで龍の死が異なる過去が別に発生）。

龍の力で現代に帰還したタケルと進ノ介は再びダヴィンチ眼魔と対決し、勝利する。

【第九話】タケルの命の期限：二十七日〜二十六日
五十嵐健次郎が所有していた「扇子」からベンケイゴーストが誕生。
タケル、マコトの目的が眼魂に囚われている妹のカノンを生き返らせることだと知る。

【第十話―第十一話】タケルの命の期限：二十六日〜二十二日
西園寺が十五個の英雄ゴースト眼魂を集め、グレートアイを召喚し、「すべてのものを支配する力が欲しい」と願うが、資格がなく、願いは叶わずに自身が粒子化してモノリスに吸い込まれる。

タケル、グレートアイに願い、カノンを生き返らせる。

十五個の英雄ゴースト眼魂が拡散し、再び散らばる。

御成、ゴエモンゴースト眼魂を手に入れる。

タケルとマコト、協力して眼魔スペリオルに変身したジャベルを退ける。


【一休眼魂争奪！　とんち勝負《バトル》!!／一休入魂！　めざめよ、オレのとんち力!!】

タケル、眼魔とのとんち対決に勝利し、一休ゴースト眼魂を手に入れる。

タケル、マコトたちと共に一休ゴースト眼魂を使いこなせるよう特訓する。
タケルとマコト、それぞれ一休魂、ピタゴラス魂に変身し、眼魔を打ち倒す。

二〇一六年

【第十二話】タケルの命の期限：〇日（二〇一六年一月十日）⇒九十九日
仲間たちの奮闘むなしく、タケル、九十九日の命の期限を迎える。
消滅後に父・龍と再会したタケルは、闘魂《トウコン》ブーストゴースト眼魂を手に入れ、現世に帰還する。
再度、九十九日の期限を与えられ、再度の十五個の英雄ゴースト眼魂集めと、龍から託された「英雄の心を繋ぎ、未来へ導く」という新たな使命を果たそうとする。

【第十三話―第十四話】タケルの命の期限：九十九日〜九十四日
タケル、リョウマゴースト眼魂が身体に入った田村長正《たむらながまさ》と出会い、父と子を結ぶ「薩長同盟」を通して、リョウマゴーストと心を通わせる。

【第十五話】タケルの命の期限：九十四日〜八十六日
マコト、フーディーニが課した試練をクリアすることで、初めてフーディーニゴースト眼魂を使い、再びジャベルを撃破する。タケル、ムサシゴーストと心を通わせる。

【第十六話】タケルの命の期限：八十六日〜八十日
アラン、眼魔世界からネクロムゴースト眼魂とメガウルオウダーを持ち出し、仮面ライダーネクロムとして、タケルとマコトの前に現れる。
タケル、ロビンゴーストと心を通わせる。

【第十七話―第十八話】タケルの命の期限：八十日〜七十三日
ヒミコゴースト眼魂が身体に入った日野美和子《ひのみわこ》が大天空寺を訪ね、ニュートンゴースト眼魂が、ヒミコへの苦手意識から家出する。

眼魔世界からイゴールが襲来し、人間世界での暗躍を開始する。

アラン、マコトをネクロムスペクターに無理やり変身させることで傀儡にする。

タケル、イゴールと戦うアカリと御成の元に駆けつけ、ヒミコゴーストと心を通わせる。

タケルとカノン、アランに操られたマコトを見て、驚愕する。

タケル、ニュートンとヒミコの関係を理解し、ニュートンとも心を通わせる。

【第十九話―第二十話】タケルの命の期限：七十三日〜七十日

タケル、画材眼魔と出会い、初めて眼魔と友達になろうとする。

タケル、ノブナガゴーストやツタンカーメンゴーストと共にマコトをネクロムの呪縛から解き放つ。タケル、ベンケイゴーストと心を通わせる。


【仮面ライダー1号／伝説！ ライダーの魂！】


伝説の仮面ライダー1号・本郷猛《ほんごうたけし》と共にタケルはショッカーとノバショッカーに立ち向かう。

闘いの最中、本郷猛は命を落とすが、自らの肉体を焼く炎をその身に再び宿し、立花麻由《たちばなまゆ》の魂の叫びを受けて、再び蘇る。

仮面ライダー1号、地獄大使と共に、アレクサンダー眼魂によって暴走したノバショッカーのウルガを撃破する。


謎の少女・フレイヤの依頼を受け、タケルとマコトは仮面ライダーの眼魂を集めることに。

フレイヤとフレイを狙うシバルバを仮面ライダーの眼魂の力を受け継ぎ、撃破する。

タケルとマコトが集めた六個の仮面ライダーの眼魂と、フレイヤの持つ十個の眼魂から、仮面ライダー45ゴースト眼魂が誕生する。

アレクサンダー眼魂の力で闇の意志が、ノバショッカーを復活させる。

仮面ライダー45ゴースト眼魂の力で、タケルは仮面ライダーゴースト　1号魂と平成魂となり、ノバショッカーと闇の意志を打ち倒す。

【第二十一話】タケルの命の期限：六十九日
マコト、アデルたちとのけじめをつけるために眼魔世界に一時帰還する。
仲間になった画材眼魔改めキュビの力と、エジソンの助言を受け、タケルも眼魔世界に向かう。タケル、エジソンゴーストと心を通わせる。

【第二十二話】タケルの命の期限：六十九日
タケル、眼魔世界に乗り込み、カプセルに保管された人体と消えゆく命を目の当たりにし、恐怖する。
アデル、アドニスの眼魂を破壊し幽閉。自らを大帝とし、アドニス暗殺の罪をアランになすりつける。
アラン、アデルに眼魂を破壊されたことで、生身の肉体となる。
タケルとマコトと共に眼魔世界の追っ手から逃れるべく、人間の世界に避難する。

【第二十三話】タケルの命の期限：六十九日〜六十五日

ジャベル、アデルから眼魔ウルティマの眼魂を渡され、生身の肉体で人間世界に侵攻する。タケル、恐怖に囚われ、眼魔世界をグレートアイの力で人間の世界から断絶させようとするが、逆に英雄たちに見限られてしまう。眼魔ウルティマに変身したジャベルから、傷ついたアランを救うためマコトの眼魂は破壊される。

マコトの消滅を目の前にし、マコトの「命を未来に繋ぐ」という想いを受けて決意を固めたタケルは、英雄たちの力を再び借り、眼魔世界から持ち帰ったアイコンドライバーGで仮面ライダーゴースト グレイトフル魂に変身。十五賢人の力で強化された眼魔ウルティマ・ファイヤーを撃破する。

【第二十四話】タケルの命の期限：六十五日〜六十三日

ゴエモンゴースト眼魂が御成の身体の中に入る。タケル、ジュウオウイーグルと共にショッカーのヤマアラシロイドを撃破する。タケル、眼魔に襲われるアランを助ける。タケル、ゴエモンゴーストと心を通わせる。

【第二十五話―第二十六話】タケルの命の期限：六十三日〜六十一日

ディープコネクト社がイゴールの暗躍の元、デミアプロジェクトを発表する。

イゴールの指示の元、飛行機眼魔の能力で空が眼魔世界と同じように赤く染まり始める。

赤い空の影響で、カノンとアランの容態が悪化する。

アカリの研究により中和剤が完成し、赤い空の侵食は回避される。

闘いを通して、互いへの理解を深めたタケルとアランは再びそれぞれの目的のために眼魔世界へ向かう。


【第二十七話―第二十八話】タケルの命の期限：六十一日〜六十日
タケルとアラン、眼魔世界でアドニスに会う。

アデル、十五賢人の力にアクセスすることに成功する。

御成、人間の世界で生身の肉体になったジャベルを助ける。

マコト、生身の肉体を取り戻し、イーディスからディープスペクターゴースト眼魂を受け取る。

アデルが放った眼魔スペリオルの攻撃からアランを庇い、アドニスが命を落とす。

タケル、マコト、アラン、眼魔世界から人間の世界に帰還する。

マコト、イーディスから渡されたディープスペクターゴースト眼魂を使い、仮面ライダーディープスペクターに変身。ガンマイザー（炎）を撃破する。

タケル、触れた人間の記憶を垣間見ることができるようになる。

キュビが音符眼魔と共に旅に出る。

【第二十九話—第三十話】タケルの命の期限：五十七日〜五十五日
フーディーニゴースト眼魂が白井《しらい》ユキの身体の中に入る。
福嶋フミ、死去。
アラン、悲しみを乗り越え、眼魔の世界を人間の世界と同じように美しい世界にする決意を固める。
タケル、フーディーニゴーストと心を通わせる。

【第三十一話—第三十二話】タケルの命の期限：四十五日〜四十四日
アランの提案により人間の世界と眼魔の世界を繋ぐゲートの破壊を大天空寺で開始。
タケル、五十嵐より十年前の真相を聞く。
タケル、ツタンカーメンゴーストと心を通わせる。

【第三十三話—第三十五話】タケルの命の期限：四十四日〜三十六日
タケル、ムゲンゴースト眼魂を生み出し、仮面ライダーゴースト　ムゲン魂に変身。
タケル、グリムゴーストと心を通わせる。

【第三十六話─第三十七話】タケルの命の期限：二十五日〜二十四日
マコトの前に姿形がそっくりのもう一人のマコトが現れる。
アラン、サンゾウゴーストの課した修練を経て、新たな力（猿・豚・河童）を修得する。
アラン、ジャベルと闘い、決着をつける。
タケル、サンゾウゴーストと心を通わせる。

【第三十八話】タケルの命の期限：二十一日
タケル、十五人の英雄・偉人の力をさらに高めることを決意し、共に闘う気持ちを新たにする。
アデル、ガンマイザーと同化する決意をしてパーフェクト・ガンマイザーとなる。

【第三十九話─第四十話】タケルの命の期限：二十日
ビリー・ザ・キッド眼魂がカノンの身体の中に入る。
タケル、ビリー・ザ・キッドゴーストと心を通わせる。

【第四十一話─第四十二話】タケルの命の期限：十九日〜十八日

ベートーベンゴースト眼魂がアカリの身体の中に入る。

タケル、ベートーベンゴーストと心を通わせる。

仙人（イーディス）はタケルたちにすべてを語り、人間世界、眼魔世界の二つのために闘うことを誓う。


【劇場版 仮面ライダーゴースト 100の眼魂とゴースト運命の瞬間】

アルゴスが百個の英雄眼魂を集め、究極の眼魂を生み出すべく活動を開始する。

タケル、マコト、アランは、仮面ライダーダークゴーストたちとの闘いで英雄が実体化して暮らす眼魂の島へ。

アカリ、御成、カノンもタケルたちを追いかけて眼魂の島へ向かう。

アルゴス、ダークネクロム親衛隊を率いて英雄狩りを開始する。

マコト、父・深海大悟と再会する。

アルゴス、ダーウィンの眼魂を手に入れる。

大悟、ダークゴーストとの闘いで命を落とす。

タケル、仲間と英雄たちと共にアルゴスとの決着をつけるべく、塔に向かう。

アルゴス、百の英雄眼魂とタケルの肉体を使い、究極の眼魂を完成させる。

仮面ライダーエクストリーマーとなったアルゴスにより、世界中の人間が強制的にゴーストにされる。

仲間と英雄の力をその身にまとい、タケルは自分の肉体ごとエクストリーマーを撃破する。

八十五人の英雄たちの魂が失われたタケルの魂を蘇らせる。

タケル、十五個の英雄眼魂と共に仲間のもとに帰還する。

【第四十三話―第四十四話】タケルの命の期限：五日
アデル、アバターを捨てて肉体に戻る。そしてグレートアイと繋がることに成功する。
イゴール、デミアを利用し、人間の魂を抜き取り眼魂にする。
御成眼魂がアランの中に入る。

【第四十五話―第四十六話】タケルの命の期限：四日〜三日
闘いの最中、タケルとアデルの意識と記憶が繋がる。

タケル、グレートアイの化身・フレイとフレイヤに出会う。

タケル、ムサシゴースト眼魂の奥の領域で宮本武蔵と真剣勝負を果たし、声を聴く極意を修得する。

現世に帰還したタケルは、マコト、アランと共に全ガンマイザーとの総力戦を開始する。

【第四十七話―第四十九話】タケルの命の期限：三日～一日
タケル、アデルが父を殺した仇だと知る。
アデルはガンマイザーに乗っ取られ、消滅。
グレートアイザーを退けたタケルは、グレートアイの力で生き返ることに成功する。

【第五十話】

タケル、生き返った誕生日を仲間と共に祝う。

謎の少年・アユムがタケルたちの前に現れる。

アラン、マコト、カノンが眼魔世界の再生のために大天空寺を去る。

時を同じくして、仮面ライダーエグゼイドと仮面ライダーゲンムがタケルたちの前に姿を現す。


【仮面ライダーゴースト　ファイナルステージ】

イーディスが、最強の英雄を決める『天下一英雄武道会』を開催。

イーディスが用意した使用期間限定のゴーストドライバーを使い、アカリや御成たちも仮面ライダーへと変身して試合を行う。

並行して、天空寺タケルを倒し、その息子・アユムの存在を消そうとするデミアと、それを阻止しようとするアユム、ロボセンが未来の世界からやってくる。

未来の世界ではデミアプロジェクトの残存データが自我を獲得しており、アユムはデミアによる世界の支配を阻止するため、仮面ライダーゴーストとなって闘い続けていたのだった。

デミアはマコトから奪ったディープスペクター眼魂を取り込み、グレートデミアへと変貌。近藤勇《こんどういさみ》の刀「虎徹《こてつ》」からシンセングミゴースト眼魂が生まれ、仮面ライダーゴーストシンセングミ魂がグレートデミアを追い詰める。

グレートデミアはグレートアイザーへと変貌するが、一時的に甦った龍と、タケル、アユムの三人が力を合わせてこれを撃退。アユムとロボセンは未来の世界へと帰還する。

（八ヵ月後）

【仮面ライダー平成ジェネレーションズ　Dr.パックマン対エグゼイド&ゴースト　with　レジェンドライダー】

仮面ライダーエグゼイド（宝生永夢《ホウジョウエム》）と再会したタケルは謎のパックマンウイルスを巡る事件に遭遇し、エグゼイドと共闘する。その事件の捜査の中で泊進ノ介とも再会を果たす。

（一年後）

【真相！　英雄眼魂のひみつ！】

西園寺、眼魔世界でブランク眼魂を拠り所に復活を果たし、グレートアイへ再度コンタクトを取るべく、活動を開始する。

アランから眼魔世界への招待を受けてタケル、アカリ、御成が、眼魔世界を訪れる。

タケル、眼魔世界で西園寺と再び出会い、父・龍が英雄ゴースト眼魂に託した想いを知る。

グレートアイが消えたことを突き付けられ、逆上した西園寺はダヴィンチ眼魔を召喚する。

暴走したダヴィンチ眼魔を解放し、モナリザの絵からダヴィンチゴースト眼魂が生まれる。

西園寺、龍の想いを受け止め、タケルたちの元を去る。

（二年後）

【Vシネマ】

植林等、アランたちの地道な努力によって、赤い空はかなり薄くなっており、アカリとイゴールも協力して大気改造装置の開発を進めていた。

流星群の衝突により、宇宙を漂っていた宇宙牢獄が眼魔の世界に墜落。中から現れたダントンはマコトとの再会を遂げ、自らが本当の父親であることを明かす。冷凍睡眠状態のクロエを復活させたダントンは演説を行い、大気の改造ではなく、肉体改造が未来をもたらすと人々に告げる。

ダントンの言葉に心を動かされたマコトとアランが対立。アランが抱く、マコトに対する強い友情によって、ネクロムゴースト眼魂が友情バーストゴースト眼魂へと変化。仮面ライダーネクロム 友情バースト魂となってディープスペクターを追い詰めるが、不意を突かれて倒されてしまう。

一方、カノンが赤い空の影響で一度死んだことを知ったダントンは、彼女を失敗作として葬ろうとする。その様子を見ていた西園寺は、カノンを庇って死亡。すべての罪を背負って生きるというマコトの決意がシンスペクター眼魂を生み出し、シンスペクターとなって、エヴォリュードとなったダントンを撃破する。

ダントンの工作で赤い空の影響を強めていた大気改造装置も、御成たちの活躍によって正常に作動。ついに赤い空は消え、眼魔の世界は青空につつまれる。

父であるダントンを失い、生きる意味がなくなったと話すクロエ。タケルはクロエに対し、自分自身のために生きろと告げる。福嶋フミの三回忌が行われ、タケルたちが再び集まる。［小説］

小説 仮面ライダーゴースト

～未来への記憶～

原作
石ノ森章太郎

著者
福田卓郎

協力
金子しんー
（石森プロ）

金子博亘

デザイン
出口竜也
（有限会社 竜プロ）

福田卓郎 | Takuro Fukuda

1961年愛媛県生まれ。日本大学芸術学部映画学科監督コース卒業。在学中から映画、演劇活動を開始し、卒業後は東宝演劇演出部に入社。1987年に主宰する劇団疾風DO党（2002年にDotoo!（ドトォ！）に改名）を結成し、東宝を退社。1991年にシナリオライターとして、映画「就職戦線異状なし」でデビュー。以後、「トリック2」「ウルトラマンマックス」「ULTRASEVEN X」「富豪刑事」「警部補矢部謙三」「おしりかじり虫」「愛を積むひと」など、映画・テレビ・ラジオ・舞台等の脚本を多数執筆。監督としても活動している。

講談社キャラクター文庫 025

小説《ょうせつ》 仮面《かめん》ライダーゴースト
~未来《みらい》への記憶《きおく》~

017年11月17日 第1刷発行
025年 3 月19日 第3刷発行

者	福田卓郎《ふくだたくろう》 ©Takuro Fukuda
作	石ノ森章太郎《いしのもりしょうたろう》 ©2015 石森プロ・テレビ朝日・ADK・東映
行者	安永尚人
行所	株式会社 講談社
	112-8001 東京都文京区音羽 2-12-21
話	出版 (03) 5395-3491 販売 (03) 5395-3625
	業務 (03) 5395-3603
デザイン	有限会社 竜プロ
力	金子しんー（石森プロ） 金子博亘
文データ制作	講談社デジタル製作
刷	大日本印刷株式会社
本	大日本印刷株式会社

KODANSHA

SBN 978-4-06-314880-0 N.D.C.913 367p 15cm
定価はカバーに表示してあります。Printed in Japan